木村衣有子

BOOKS のんべえ

お酒で味わう日本文学32選

文藝春秋

もくじ

BOOKS
のんべえ

お酒で味わう
日本文学32選

装画
谷口菜津子

装幀
野中深雪

レモンサワーの輝き

滝口悠生『茄子の輝き』

古くて狭い世界屋の店内は、カウンターが五、六席、その背後の座敷に二卓あったがどちらも小さくて十五人も入れば満員だった。表にビールケースを積んだ卓をつくって客を飲ませることもあった。

そこは店名のスケールは大きくとも、店そのものは小体な居酒屋。お昼どきから午後5時までの『世界屋』は、しょうが焼き定食専門店となる。デザートのお饅頭も付いて、ひとりで切り盛りしているおじさんの手が空いているときにはコーヒーも出してくれるとは素晴らしい。

滝口悠生『茄子の輝き』の物語を進めていく役割を担う、市瀬さんという男の人は、20代の後半、東京は高田馬場にあった小規模な会社に3年ばかり勤めていた。その頃の行きつけが『世界屋』だった。職場のご近所だから気安く、週に一、二度は昼に、月に幾度かは晩に顔を出す。

市瀬さんは、その会社に入る前に、20代半ばで離婚を経験した。その痛みを、職場の後輩の可愛らしさに見惚れる2年間を経て、なんとかかんとかやり過ごす。入社年も後なら、年も3つ下の後輩は、千絵ちゃん、といって、彼氏と同棲中だ。市瀬さんはふたりの仲を裂こうと暗躍するわけでもなく、嫉妬さえせず、ただただ、千絵ちゃんを見つめ、賞賛しまくる。丸い黒目がちな目をして、丸顔で、おかっぱ頭も丸く整った女の子を「私の視界をこれまでよりもずっと明るいものにする光源」だと。

千絵ちゃんとふたりきりで『世界屋』に入り、カウンターに肩を並べた晩は、注文した揚げ浸しのナスも、光っていた。実家に戻る彼氏と一緒に、島根は出雲に引越すために退社を決めた千絵ちゃんのための、えらくこぢんまりした送別会の席だった。市瀬さんはそこではじめて千絵ちゃんの左手の薬指に細い金の指輪が光るのにも気付いたという。惚れ込み、2年のあいだただ見つめていたのに、今になって？　それは市瀬さんの性格の一端を表すエピソードであると同時に、彼女の存在そのもののまぶしさに目が眩んでのことなのだろうか。

持ち上げたレモンサワーのジョッキに口をつけ、横顔がやや上に向くと、大きく見開いた目とくるりと持ち上がったまつ毛、小さくて低い鼻、そして張りのあるほっぺたが、ジョッキと一緒にカウンターの上の灯りに照らされて輝いた。

スタンダードなレモンサワーは、甲類焼酎と炭酸水、生のレモンを組み合わせた、清涼感が身上の一杯。浮かべられたレモンはくし切りだったり輪切りだったり、あるいは2分の1個に絞り器を添えて出されたりと、采配は自由だ。『世界屋』のレモンサワーがどんなスタイルのものなのかはえがかれていないが、市瀬さんは、千絵ちゃんがこれから住む、出雲という場所と彼女そのものを重ね、レモンサワーを飲む姿に、神性さえも見出している。この物語の中では、レモンサワーはお神酒（みき）である、といってもいい。

この、ふたりの送別会が開かれたのは物語の上では2011年夏である。

現実の居酒屋にて、凍らせたレモンそのものを入れて飲むレモンサワーが流行ったのはそれから5、6年後のことだ。そういえば「ストロングゼロ」はその商品名に「-196℃」と付いているとおり、凍らせた果物を使っている。もうちょっと詳しくいうと液体窒素で素早く凍らせ、粉砕してウォッカに浸している。缶酎ハイは居酒屋での流行に後押しされてつくられた商品だけれど、もしかしたら居酒屋でのレモンサワーの流行はストロングゼロに牽引されての出来事なのかもしれないのだ。

レモンサワーをお店の品書きにはじめて載せたのは、目黒区のもつやき店『ばん』で、1958（昭和33）年のことだといわれている。2004年まではお店は中目黒にあり、翌年に祐天寺にて初代の小杉正さんの弟である潔さんが継いでいる。甲類焼酎を炭酸で割った飲みものの黎明期の話は東京の東に集中しているが、そこで流行り定着した、酎ハイ、という名をあえて避けて、サワー、としたのは目黒区という土地柄ゆえだろうかと邪推していたけれど、正さんは、当時呼ばれていた「チュウタン、タンチュウ」よりも、サワー、のほうがかっこいいと思ったらしい。「酎」プラス「炭」の呼称は黎明期話の中にもほぼ登場しないのでどれくらい広まっていたのかは謎ではあるのだが、たしかに、サワー、には、すかっとした響きがある。

酎ハイもサワーも東京発祥の呼称のはずだけれど、「「東のサワー、西のチューハイ」という棲み分けがあるのは確か」なのだと大阪の雑誌『ミーツリージョナル』のレモンサワー特集号にはあった。それというのも、缶酎ハイ第1号「タカラcanチューハイ」を1984（昭和59）年に発売した宝酒造が京都の会社だからだろうか。タカラcanチューハイのプロトタイプとなっているのは、発売の前年、宝焼酎の営業職の社員が「純」をベースに、大阪はキタ、梅田地下街の串カツ屋『ヨネヤ』と考案した「純ハイ」だという話もある。

そもそも甲類焼酎を炭酸で割って飲む酒文化は東京に偏重していたそうで、ミントチョコ味のアイスクリームみたいな色の上にれんげの花があしらわれたラベルで知られる三重は四日市「宮崎本店」がつくる「キンミヤ焼酎」の出荷先は、関東で9割、首都圏で7割と、キンミヤブランドが全国に知れ渡った今でもその地盤は揺るがない。大きな契機としては、関東大震災直後に、3代目が支援物資を船便で東京へ運び、東京人がその恩義を忘れなかった、ということがあったそう。

さて、『世界屋』と市瀬さんの物語に立ち返れば、ひとり暮らしする江古田から電車で通っていたその界隈に足を運ぶ理由も会社を辞めてしまえばなくなって、数年後にふと訪れてみたとき、やはり当時入り浸っていた喫茶店には立ち寄るものの、『世界屋』を覗くことはしない。「あの居酒屋も、まだあるだろうか」と思い浮かべるのみ。のんべえは薄情だなあ。

「店」と「客」のつながりというのはそれくらいあっさり途切れてしまうものであっても、「人」と「人」の関わりはもう少し強固である、と、以前の私は思っていた。けれど、店にせよ、人にせよ、いったん離れてしまえばそれっきりになってしまうことは少なくないのだと気付いたのはいつだったか。情の途切れる時の間に目を凝らしたくなる小説でもある。

酒場の傍観者

山本周五郎『青べか物語』

20代半ば、千葉は浦安にひとり暮らしていた山本周五郎。それから30年後、往時の記憶と記録を基に書かれた短篇小説集が『青べか物語』だ。地元の人には「蒸気河岸の先生」と呼ばれていたそうだ。すでに文筆を生業にしていたものの、売れっ子になる前の20代の青年として「先生」の呼称は面映くはなかっただろうか。

三十数篇のどれも短い物語は、起承転結がはっきりせず、消えいるようにピリオドが打たれるものも少なくない。そのせいか、民話のような印象を受けもする。

読み終えてすぐ、作中での「浦粕」こと、浦安に出かけた。当時の景色はそのままありはしなかった。小説にえがかれている時代から100年近く経っていて、なにしろ、印象的なエピソードが幾つも埋め込まれた、だだっ広くて荒涼とした湿地「沖の百万坪」は埋め立てられてディズニーランドになっているくらいだから。

原稿料が懐に入ったら行っていたという天ぷら屋『天鉄』を再現した建物が、浦安市郷土博物館の隣にあった。蒸気河岸の先生が愛読していた本が、小上がりのちゃぶ台の上に置いてある。居合わせた、私より年若い女の人が、こういうところで食べたらさ、あんまりおいしくなくてもぐっときちゃうよねえ、と、連れの男の人に言っていた。とはいえ『青べか物語』には、いかにもおいしそうに書かれている。

てんぷら一人前で酒を一本ゆっくりと飲み、そのあと、その日の特にいいたねを二つか三つくらい揚げてもらってめしを喰べる。そのころ私はまだ酒に弱かったので、よほどのことがなければ二合飲むようなことはなかったし、一合を飲むのにも一時間くらいかかったろう。必ず本を持っていって、冬ならば小さな瀬戸火鉢を抱え、夏なら団扇を使いながら、本を読み読みてんぷらを喰べ、思いだしては酒を啜る、というぐあいであった。いま考えるとずいぶんとしより臭いまねをしたものだと思う。

「酒」は日本酒を指す。その他には、ビールと焼酎も登場する。のんべえとはいえないくらいのほどほどの酒飲みである蒸気河岸の先生は、お昼時、洋食屋で「カツ・ライス」を食べながらビールを飲みもする。その瓶ビールを見とがめて、一杯せしめようと、貝の缶詰工場の倉庫番をしているおじいさんが店員さんに「東京へゆけばビールの一杯売りをやっている」と言い掛ける。生ビールを樽から注いで飲ませるビアホールは明治半ばから東京で流行っていた。そこからの距離は程近くとも、昭和初期の浦粕にはまだなかったことになる。

焼酎が登場するのは、暗さを抱える、あるいはやさぐれている人物が絡むエピソードである場合がほとんどで、蒸気河岸の先生が焼酎を飲む場面は、ない。

この物語にワインは登場しないのだけれど、山梨にて「周五郎のヴァン」と名付けられた赤ワインがつくられていることを書き添えておきたい。当人が愛飲していたというお墨付きである。

＊

浦粕は、荒くれて、ざらついている。住む人がやたらと埃を舞上げたり、しんみり湿らせたりしているのを、蒸気河岸の先生は若年寄としてじっと見つめている。情の濃淡の激しさ、即物的なところ、お酒の飲みっぷり、人間関係の絡まりに足を掬われることはない。時折、先生、先生と持ち上げられつつかもにされることもあるけれど、それもお酒を何杯かおごるくらいで済んでしまう。あくまでも、傍観者として過ごしているのだ。物語の冒頭には、3年あまり暮らしていたとある、そのあいだ、ずっと。

ページを繰っていって半分くらいまできたあたりから、蒸気河岸の先生の、この街との気持ちのずれのようなものがあらわれはじめる。たとえば、『芦の中の一夜』『浦粕の宗五郎』『長と猛獣映画』といった物語の〆の一文の酷薄さからは、ある土地に惹かれることと、そこに馴染めるかどうかは別物であると、知らされる。

*

お酒がぽかっと明るいもののようにえがかれる一篇『毒をのむと苦しい』に登場する女の人、栄子さんの台詞が好きだ。

蒸気河岸の先生がひとり部屋で「自分で釣った鯊(はぜ)の煮浸しの小皿を脇に、本を読みながら」手酌酒をしていたところに、女たちが色気を売る「ごったくや」と呼ばれるお店で働くひとりである栄子さんがあがりこんでくる。蒸気河岸の先生が描写するところのその身体的特長からして、逞しくしたたかな印象を受ける栄子さんは、江戸っ子を自称しているのだけれど、蒸気河岸の先生は、彼女は南東北から流れてきたのだとお店の同僚から聞いて察している。とはいえ出自を面と向かって指摘はしない、歓待もしないが、邪険に閉め出しもしない。そう、いつもの態度のままで向かい合う。

私もそのころはまだ初心級で、一度に二合とは飲めないくせに、飲みたくなったときには一合買いをする、という経済状態だったから、一升壜が手許にあるということは、その豊かさと幸福感の心理的効果だけでも計り知れないものがあった。そこへ栄子があらわれたのである。

栄子は「冷のほうがあとまできいていい」と云い、一升壜からじかに湯吞へ酒を注いだ。私はそれを見て、自分の燗徳利だけは確保しなければならないと決意し、それを自分の前にしっかりと据えた。

栄子さんとて、蒸気河岸の先生に対して特別な感情は持っていないのだった。ただ酒を飲ませてもらえそうな好機を捉えたというだけなのだ。そこでふと身の上話をはじめたのは、座興のためなのか、自身の殻の隙間からそっと覗いているだけの蒸気河岸の先生を前にしていては間が持たなかったからなのか。
「飲ましてね」とのことわりをちょいちょい挟みながら、栄子さんは5年前の、町の外から赤色のオートバイでやってきた色男との心中事件を語る。当時、栄子さんと同じような女たちのあいだに心中という行為への妙な憧れが蔓延していたとあるのは、今、古典芸能である文楽を観てみたときの、なぜにこれほどまでに心中をテーマとした筋書きが多いんだろうという訝(いぶか)しさへの答えとなる。もちろん、ほんとうに死んでしまったら意味がない、あくまでも狂言でないといけないとも彼女たちは重々承知していた。

騙しながら騙されている間柄である、栄子さんと心中相手は各々、偽の毒薬を持ち寄って飲んだのだけれど、抱き合ってうとうとしたのち目覚めた栄子さんは、飲んだのは、当時勤めていた店の女将が常備していた頭痛薬と小麦粉で自らこしらえたのだったということをつい失念し、すっかり取り乱してしまう。

「毒をのめば苦しいにきまってるじゃないの、わからずやだな先生は」と栄子は云った、「それは本当はノーポンとメリケン粉を混ぜただけだけどさ、人間は気持のもんでしょ、人間ってものは気持のもんなの、わかって」

私は自分の酒を啜った。

わからずやの蒸気河岸の先生が浦粕で聞き取る身の上話は『毒をのむと苦しい』のようにお酒を酌み交わしながら打ち明けられるものでも、素面（しらふ）で語られるものであっても、濃淡は一定のように思える。酔い、というものにあまり深い意味を持たせていないのかもしれない。しかしそれは、周五郎でなくても、小説の上ではわりあいよくあることでもある。あくまでも小道具としてなのか、書いている側が素面と酔いのあいだにきっちり線引きをしていないのか。

浦粕の住人にとってお酒を飲むこととは、お酒と自身をぶつけ合って、スパークさせるような行為である。蒸気河岸の先生の飲みかたはそうではなくて、その人たちの土地でなるべく違和なく過ごすための処世術としての飲酒のようにも思えてしまう。

とはいえ、周五郎自身はその後、ウイスキーを常飲しつつ小説を執筆するようになるのだけれど。

私がはじめて読んだ周五郎の小説はこの『青べか物語』。感じ入り、他の作品もめくってみたけれど、あまりぴんとこずに、結局、長いことこの一作ばかり読み返している。べか、とはひとり乗りの木造舟のこと。貝や海苔を採るときに使われたという。浦安では明治の終わり頃に広まり、漁業権を全面放棄した1971（昭和46）年を境に廃れた。

いつぞや、前述の郷土博物館にて、過去の企画展の図録『「青べか物語」それぞれの想い』を入手した。そこには、多くの住人にとって『青べか物語』は誇らしい物語とはいえなかったと記されている。

『青べか物語』が『文藝春秋』誌に連載されたのは１９６０（昭和35）年のこと。その前年に、ここにえがかれた風景は「東洋一の遊園地」建設のための埋め立てにより消失することがすでに決まっていた。

好評を得た『青べか物語』は連載の2年後には早くも東宝によって映画化されている。浦安ロケもおこなわれ、エキストラとして出演した住人も少なくない。しかし撮影時には、原作をすでに読んでいた人はほとんどいなかったのでは、とある。住人の反感を買ったのはどちらかといえば原作としての小説よりも映画化の際になされた脚色だったようだ。「浦安映画劇場」では公開3日後に上映中止と相成ったというくらいだから相当な不評だ。

映画のポスターにあしらわれた惹句はこうだ。

蛤と小舟の町に色も欲も生れツっぱなしの人々が描く珍談漫話のおいろけ風土記

原作にしかふれていない私にとっても、そこまで的外れでもないように思える。ただ、この物語に普遍性を与えている、たっぷり含まれた情緒については切り捨てられているらしいのはポスターの絵柄からも汲み取れる。

図録には、公開50周年を記念した映画鑑賞会の際のアンケート回答も収録されている。答えているのは浦安市に住む人が多く、そしてはるか昔の風景という前提をもって、えがかれかたはともあれ、ひとつの記録として評価している人が少なくなかった。

下戸とのんべえの間

絲山秋子『下戸の超然』

のんべえは、下戸とは付き合えないのだろうか？

否。夫はお酒が飲めないからうちでは私も晩酌とかほとんどしないのよね、と言う、私よりも年長の、のんべえの女性を知っている。だから、惹かれ合わないわけでもなく、それなりに長く添い遂げられもするのだな、そう捉えていた。

しかし、絲山秋子『下戸の超然』からは、のんべえと下戸の間に流れる川はやっぱり深いと分かる。その川の上に橋を上手いこと架けられはしなかった男女の物語である。

もうすぐ30になる、北九州生まれの鳴海広生（ひろお）さんは、下戸である。筑豊出身の力士、益荒雄（ますらお）広生にあやかって名付けられたものの、それを裏切る体格と性格に育ったと自認している。「下戸はますらおにはなれない」！
広生さんが就職し、赴任したのは、茨城はつくばの工業団地だ。故郷より、ますらおぶりは求められない土地柄であっても、しっくり馴染めはしない。北関東らしいぱさぱさの景色にも、郊外ならではの車社会ゆえ会社の飲み会で送迎役に任命されることにも。
とはいえ、社内で、彼女ができた。おそらく歳もそう変わらない、実家暮らしの女の子。外にごはんを食べに行けば、広生さんに遠慮せずにお酒を注文し、のびのび飲む姿に違和感はなかった、最初のうちは。だんだんと、酔っている彼女との「ずれ」を意識しはじめる広生さん。それはくつろぎかたのずれでもあり、感情の上がり下がりのずれでもある。

彼女は寂しがり、甘えた。不安がった。しかし僕から見たそれは酔っぱらい特有の非個性的な感情表現に過ぎなかった。

酔ってしまったこちらの姿は下戸の人にはそういう風に見えているのかと思うと、おそろしい。でも、私が素面のとき、酔っ払いに対面しても、そう感じたことはない、とも思い直す。お酒が言わせる台詞、させる所業というものはたしかにあっても、言葉、そして一挙手一投足には、必ずその人の個性が宿っている。飲んでも飲まれてもその人はその人だと。まあ、そう信じるからには、あれもこれもお酒のせいにはできないということにもなるのだけれど。

彼女は、広生さんのひとり暮らしの部屋にウイスキーのボトルをキープしてもいる。銘柄は、この小説が発表された2010年に、炭酸で割って「角ハイボール」としてかなりの人気を博していたサントリーの「角瓶」ではなく、コンビニエンスストアなどでも求めやすいバーボンでもなく、モルト。渋い。ウイスキーの中でも、わりあいいいお値段のものだし、あえてそれを選ぶとは、膝を詰めて話をする甲斐のありそうな女の子なのかもしれない。ちなみに作中には「モルト」とだけしか記されていない。茨城ではないものの、お隣の埼玉でつくられる「イチローズモルト」だったらいいなと夢想する。でも、銘柄はなんであれ、それは彼女を広生さんから遠ざけるものでしかなくて。

彼女のやわらかい頬や耳たぶが紅く染まっているところを見るのは好きだが、キスをして酒臭い息を嗅ぎたいとは思わないし、十一時には寝たい。

何より僕はいつまでもだらだら飲む彼女を見ていられない。

「せっかくリラックスしてるのに」

いいや、それはだらしないと言うんだよ。

のんべえをとろかすお酒は、下戸の心を凍らせる。

真の#ストロングゼロ文学

金原ひとみ『ストロングゼロ』

どんな本でも、ここが肝！　と思ったときはページの角を折る。『BOOKSのんべえ』のために読んだ本はみんな、お酒が登場するページの角を折りながらめくってきた。その中でも『ストロングゼロ』ほど角を折った作品はない。主人公は、のべつお酒を飲んでいる。生活の中にお酒が、点ではなく線として存在している。

朝起きてまずストロングを飲み干す。化粧をしながら二本目のストロングを嗜む。それから出社して、ランチ時あるいはその後に飲む。夕飯時に飲む。帰宅してすぐ飲む。寝る前には焼酎、ワイン、ウイスキーを飲む場合もあると記されているが、それらをどう飲むのか、たとえば焼酎はなにで割るのか、などは割愛されている。

『ストロングゼロ』は、ストロング系の缶酎ハイを飲んで身の回りの困難をやり過ごそう、ゼロにしようともがく女の人の姿がえがかれる短篇小説だ。#ストロングゼロ文学というハッシュタグがＳＮＳで流行したのは２０１７年頃だけれど、この作品は真の#ストロングゼロ文学である。

*

サントリーが「ストロングゼロ」を発売したのは２００９年で、当初の度数は８％。２０１４年に、幾種類かの味のうち「ダブルレモン」の度数を９％に引き上げた。

ただ、ストロングゼロの発売以前にもそれと同じくらいの度数の、缶に詰められたしゅわっとしたお酒は存在していた。さかのぼれば、宝酒造「タカラcanチューハイ」も発売当時の度数は今と同じく８％。１９８４（昭和59）年のことである。

そういう類のお酒は、さきがけとなったタカラcanチューハイからの流れで、缶酎ハイ、と総称されてきたけれど、焼酎が入っているものは少数派となっている。たいていはウォッカだ。その中でもアルコール度数が７〜９％のものが「ストロング系」と呼ばれているのは、ストロングゼロがたいへん売れ、スーパーマーケットやコンビニエンスストアの棚の大定番となったゆえのこと。

お酒の純アルコール量の計算の仕方は、度数×量×0・8であって、計ってみると、9%のストロングゼロ350mℓに含まれる純アルコール量は25gで、度数15%の日本酒一合は20gなので、たとえロング缶でなくとも、カップ酒一本よりも利いてしまう計算になる。

*

主人公は、桝本美奈という名の、社食があるくらい規模の大きな出版社で編集者として働く、察するに20代の、面食いを自称する女の人。同棲しているたいそう美形で元バンドマンの彼氏が精神的に追い込まれたままに、ひとりで外出することも、実のある会話も満足にできなくなってしまったことを機に「ストロング」に頼りはじめる。そう、このお話のタイトルは商品名のままなのだけれど、作中では一貫して「ストロング」と表記される。だからサントリーの品ではなくて「系」なのかもしれないという想像の余地がある。とはいえ、「ストロング」の味については一箇所「レモン」と記されるのみで、美奈さんは特段感想を述べはしないゆえ、想像の翼はそれ以上は広げられない。

また、容量は350㎖か500㎖かも明示されない。とはいえ、お話の中程で「ストロング」をプラカップに注いで飲む場面があり、その容量を考えると350㎖ではと推察されたが、移し替えるときに入り切らなかったぶんはその場で飲み干してしまうともあり、そうなると分からない。

もう一本ストロングを飲んでから出社しようとコンビニに寄って気がついた。冷凍コーナーに並ぶアイスコーヒー用の氷入りカップにストロングを入れれば、会社内でも堂々とお酒が飲める。こんな画期的なアイディアを思いつくなんて、私はすごい。

ストローを挿したカップを持ってデスクに戻れば最高の職場が完成する。何飲んでるのと聞かれたらレモネードか炭酸水と言えばいいのだ。

「完全アル中マニュアル」というタイトルの新書を誰かに書いてもらうのはどうだろうと思いついて久しぶりに気持ちが盛り上がる。「アル中力」「アル中が一戸建て買ったってよ」「転生アル中」タイトルを考え、お酒好きな著名人を思い浮かべながら企画書の草案を書いている。

そう、唯一その姿がえがかれる酒器は、氷入りのプラカップ。

社内以外の場面では、同僚とお昼を食べた後に、路地で電柱に寄りかかりながら缶をハンカチで包んで飲むとき、帰宅途中にコンビニで買って飲みながら歩くとき、美奈さんは人目は気にしていない。そういえば、缶を隠すようにして飲み歩いている人を街角などで見かけたおぼえはあっても、ハンカチを覆いに使っているのは見たことはない。以前、電車中で缶に手袋を嵌めている人がいて、なるほど手袋にそういう使いかたがあったとは、と、感じ入ったのはおぼえている。私の見たところ、電車中では缶をなにかで覆っている人はちらほらいるけれど、保温もしくは保冷以外の目的でラベルが見えないようにして飲むものといえば十中八九アルコールのはずなので、無駄な抵抗ではという気もし。対して、ひとりで、歩きながら、あるいはコンビニの前や駐車場の片隅などで缶酎ハイを飲む人で、そういう風に隠す素振りを見せる人はあまりいない。すれ違う、あるいは道ゆく人は他人が何をしているか気にしていないはずだと信じているのか。

缶酎ハイは「場」を必要としないお酒である。自由を内包している。しかし、ひとりで世間から隠れて飲むお酒という色合いも加味されている。

まるで美観地区かのような閑静な住宅街の、曲がり角の植え込みのところに空缶がひとつ、捨ててあるというよりも置かれていたりするのが目にとまると、妙にはっとする。たいていつぶしたりせずにそっと立ててある。この小綺麗に見える家々の中には缶酎ハイを持ち込めない事情があるのだな、などと想像してしまう私。

腰を据えて飲むのではなく、移動しながら酒器要らずで飲めるというお酒のモバイル化を推進したのはやはり、プルトップ式の缶ビールが発売される前年、1964（昭和39）年にデビューした「ワンカップ大関」だろうか。それ以前には、容量は一合ちょっとで、ズボンの後ろポケットにちょうどおさまるようなかたちをした、スキットルという金属製の蒸留酒用携帯酒器が存在してはいたけれど、それはどちらかというと水筒みたいなもので、自身であらかじめ詰めておいて持って出かけないといけない。通りすがりに気が向いたら買えるという、カップ酒や缶ビール、缶酎ハイのまとっている気軽さとは無縁なものだ。

もしや、音楽を持ち運ぶ時代もそのあたりからはじまったのかもと思うも、調べてみたら、ウォークマンの発売は1979（昭和54）年でけっこう後のことだった。

『ストロングゼロ』にはカップ酒は登場しない。カップ酒の流行がかつてあり、それは2005年頃から3、4年のあいだだったのだけれど、『ストロングゼロ』の時代設定は、登場するスマホのアプリや、熟成肉や肉寿司などからして、発表されたのと同じく2019年だろうと思われるので、美奈さんはカップ酒の流行中にそれを口にすることはなかったにちがいない。

「ストロング」以外にもお酒はいろいろ登場する。たとえば銘柄名が明示されるのは、日本酒「庭のうぐいす」、シングルモルト「ボウモア」。前者の飲み口がスムーズであること、後者の産地であるアイラ島の話題に、気を緩めている。酔いよりも、味や背景がクローズアップされるお酒はそれらのみ。また、ポジティブな感情に彩られるお酒は、彼氏が元気だった頃に「たまに奮発して買ったいいワインを飲んだ」との思い出のみ。それも赤か白かとか、産地はどこかなどについては描写されていなかった。

2時間で、8杯

柴崎友香『春の庭』

居酒屋にて、およそ20年前に刊行された写真集『春の庭』を広げて、連れに見せているのは、西さんという、もうすぐ四十路に手が届く年頃の女の人。この、柴崎友香の小説と同じタイトルの写真集のページに写されているのは、当時人気を博したCMディレクターと小劇団の女優という組み合わせの、夫婦の暮らしである。西さんは、彼らが当時住んでいた「水色の洋館」に強く惹かれている。その家は、前の東京オリンピックの年に建てられたのだそうだ。庭には、春そして夏から初秋まで花を咲かせる木が植えられている。東京は世田谷にあって、二階建てで、ゆとりある間取り、水色の壁と瓦屋根。しかしそこに、趣味のよさは見出せない。

人物のみに目を凝らすなら、単なる背景として見過ごされるかもしれない、家。しかし西さんは、その洋館の斜め裏にある、そう新しくはない二階建てのアパートの一室を借り、ひとり暮らしをしてしまうくらい、執着している。どうして洋館そのものに住もうとしなかったのかというと、そこの高額な家賃は、漫画やイラストを描くことを仕事にしている西さんの収入ではとても払えず、その上、西さんは他人と暮らすのが苦手な質だそうだと、語られる。

同じアパートの別の部屋には、太郎さんという、西さんより5つ年下の男性が住んでいる。西さんは、自身の部屋からとはまた別の角度で洋館を眺めてみたいという願いを、太郎さんの部屋のベランダの柵の上にて、叶える。そのお礼にと、居酒屋に太郎さんを誘った。

唐揚げが来る前にジョッキのビールを飲み干してすぐ店員にお代わりを頼んだ。

この、店名は紹介されない居酒屋では、鶏、そしてタコの唐揚げがお薦めで「甲乙つけがたい」と西さんは言う。そして盛んにビールを飲む。生で、中ジョッキ。勢いよく、2時間で8杯を飲む。

対して、太郎さんは口開けの一杯だけを生中にして、あとはウーロン茶でのんべえの西さんに付き合っている。亡父の酒量が晩年に増えていたのを気にしているというのがそのわけだ。その太郎さんが職場の同僚にもらったという鮭トバのお裾分けにあずかったときには「日本酒にめちゃめちゃ合うんですよねーっ」と、はしゃいでみせていた西さんだけれど、彼女が物語の中で飲むのは、決まってビールなのだった。その銘柄はなんなのか、作中では特段語られない。余談だが、私個人としてはこのところは、「アサヒスーパードライ」を選ぶのがもっとも潔い、という結論に達している。果たして、西さんはどうだろう。

ひょんなことから、洋館の今の住人と西さんは馴染みになり、憧れたその玄関に足を踏み入れることに成功する。細部まで隈なく検分してまわり、そして最後の、部屋となる浴室を開ける鍵として西さんが使おうとするのも、なぜか、ビールの注がれたグラスを倒して自らの服をびしょびしょにするという、少々無茶な方法なのだった。それは、のんべえだからこそ手にすることのできる鍵、でもある。

ウイスキーと惹句

開高健『続・食べる』

開高健とお酒、といえば、もちろんウイスキーが真っ先に思い浮かぶ。ただ、ウイスキーについて書かれた文章を読むと、やっぱりこのお酒は彼にとっては仕事のもの、いや、それを越えて自分自身の一部のようなものなのだと実感させられる。ふわっとしたところがなさすぎる。

対して、楽しそうに読めるのは、ワイン。開高健はワインをあくまでも「ぶどう酒」と呼ぶことにこだわり、ときめきや憧れを含んだ筆致でその味をなぞる。

焼酎については、今ここにはない、大陸での記憶、さらに遡って戦後間もなくの少年期の、遠きにありて思うお酒という風にえがかれている場合が多い。

カクテルはといえば、ドライマティーニ至上主義。

そこで私がどうにも気になるのは、日本酒だ。もっと飲みたい、と願うような日本酒は滅多にないと、開高健は繰り返し書いているから。たとえば１９７１（昭和46）年に発表されたエッセイ『続・食べる』にはこうある。

日本酒のあのべたべたした甘さはやりきれないものの一つで、飲んだあと、口いっぱいに蜜をぬったようになる。オトコの飲むものじゃない。甘さは安易な味で幼稚の代名詞だぐらいがわからないのだろうか。

なるほど、１９６４（昭和39）年に世に出た、酒博士・坂口謹一郎の『日本の酒』には、その頃の日本酒造組合中央会の調査によると「酒の嗜好の調査で、甘口が好きというものが全体の四〇パーセントに対して辛口の方が一九パーセント」とある。意外であるが、それが当時のお定まりだったのだ。

さりながら、その甘さは今の日本酒の甘さとは違っている。その頃、世に多く安く出回っていた「三増酒」こと三倍増醸清酒は日本酒にブドウ糖や水飴をも加えて味をつくっていた。２００６年の酒税法改正以降は製造されていない三増酒の甘さはウイスキーが大流行し、日本酒が脇へと押しやられていた時代の甘さともいえる。そして、開高健の仕事は、たしかにその時代を牽引する一助となっていたはず。

『ウイスゲ・ベーハー序章』と題したエッセイには、こうある。「私が酒の戦争の最前線の二日酔いの一歩兵だった頃、明けても暮れても日本酒とビールを敵にして宣伝文を書きまくり、ヘトヘトになっていたのだが、せめてオデンの屋台にウイスキーの瓶がおかれるようになったら、もうそれで目を閉じていいと思っていた」、しかし、日本中の飲食店にウイスキーは行き渡った。あまりの広がりに開高健はたじろぐ。「日本人の酒徒の滑脱の転変ぶり、応用ぶりには、ホトホト、呆れるやら脱帽するやらであった。そして、そこまで読めなかった自身の不明ぶりを恥じつつ、〝もののいきおい〟というもののすさまじさにすっかり圧倒されてしまったのだった」

『続・食べる』に戻ると、開高健は、日本酒の理想像は「雪のようにさらさらと清淡、剛直な〝うま口〟」と書いている。同じ頃に頭角を現してきていた「越乃寒梅」が旗印にし、新潟の日本酒の代名詞ともなった「淡麗辛口」とは違う「清淡旨口」。旨口、という言葉は同じエッセイの中に、灘の「巨大酒造の重役氏」の言として登場している。

日本酒を甘口、辛口の二種にわける人がいますけど、私らにいわせると、〝辛口〟とはいわんで、〝うま口〟といぅんですわ。飲んで飲みあきん。もたれてこん。いきつかん。いつまでもさらさらと飲める。それが〝うま口〟ですねン。しかし、これが作っても売れませんのでナ。私らメーカーもそう思いこんで、つい易きについて、ベタ甘を作ってしまうんですわ。

そう聞いた開高健はその蔵のお酒を飲んでみたものの、甘口と感じられたと書いている。開高健が求めている「清淡旨口」とは、日本酒の味わいからはそもそも受け取りにくい印象なのではと訝ってしまう。彼がカクテルの中では最も愛好しているというドライマティーニみたいな、キレのよさと重たさを、日本酒に求めてしまっているようにも思える。少なくともこの一篇の中では「清淡旨口」は発見されない。理想の姿には重ならないけれどもおいしいお酒としては、長野は諏訪湖畔の宿でワカサギ釣りのお供にもたせてもらった日本酒が気に入り、蔵を訪ねたと記されている。銘柄はあえて伏せられているが、諏訪という土地、当時の杜氏のエピソードなどから「真澄」だなとぴんときた。「きょうかい7号酵母」が発見されたことでも知られる蔵、宮坂醸造がつくる真澄は今でもおいしい。そうでなくとも、開高健が生きた時代よりも、日本酒は全体に、確実においしいものになっているに違いないのだ。

*

開高健は、小説家として身を立てようと試行錯誤をしていた24歳のとき、1954（昭和29）年に、ひょんなことから「寿屋」に入社し、宣伝部に配属された。もちろん今この本を読んで下さっている方々はご存じだろうけれど、寿屋とは、今の「サントリー」である。

入社して1年半ばかり経った頃、開高健は「〈洋酒の寿屋〉宣伝部意匠課の緑色の罫のしゃれたレターヘッド入り用箋を使って」埴谷雄高に手紙を出した。共通の知人はいたけれど、まだ面識はなかったとき。その中に自身の仕事の内容について記したくだりがある。

同封したのは生業上に於ける私の「作品」の一例です。私はウイスキーやぶどう酒やジン、リキュール類などの会社の宣伝部に籍をおいて、日夜、酔っ払いのマスプロを心なくも行って罪を重ねています。シャレ気をだして絵心もいくらかあり、このパンフレットのカットのあるものや装丁には私自ら参加しています。

「　」でくくりつつあえて「作品」としているところに、自負と、少しの照れか自嘲の心をみる。そして、ここからのくだりがとても興味深い。

氏にしてもしも、新聞、雑誌、ラジオ、テレビ等々、その他何らかの意味に於いて直接、もしくは間接に小社の宣伝文句に暗示を得られてウイスキーなり、ぶどう酒なりを今までにお買いになったことがあるとすれば、それは全く私の舞文曲筆の罪であって、喜ばしくも又、かなしいことでもあるのです。

広告の影響力に自覚的であり、もちろん自信もあるとみえる。「かなしい」とあるところにはまだ文筆業で一本立ちしてはいないもどかしさも含まれているだろうか。

＊

開高健が書いた言葉の中で、最も広く読まれたものはといえばきっとこれにちがいない。

「人間」らしくやりたいナ

トリスを飲んで「人間」らしくやりたいナ
「人間」なんだからナ

1961（昭和36）年、「トリスウイスキー」の新聞広告に使われたコピーで、サントリー4代目の佐治信忠曰く「我が社の経営の根底に流れる思想」だという。とはいえ、この中にはめこまれた銘柄名「トリス」を、他の銘柄、サントリーではない会社のお酒、ひいては他の嗜好品と入れ替えても読後の印象は大幅には変わらないはずだ。つまり、かぎりなく普遍的な文言である。

ただ、語尾の「ナ」にはくっきりと時代が映っている。同じ1960年代にヒットした、山本リンダのデビュー曲のタイトル「困っちゃうナ」を思い出す。口語体の語尾を片仮名で表記することがウィットの利いた表現として広く受け入れられていた時代。

1960年代のサントリーの広告において、金字塔のひとつとされているのは「「人間」らしくやりたいナ」と同じ年に新聞に掲載された広告の、開高健と同じく宣伝部に在籍していた山口瞳による、やはりトリスウイスキーの宣伝文だ。

「トリスを飲んでHawaiiへ行こう！」

この一行のコピーから時代背景を切り取ってしまえば、ただただ、南の島の旅情が漂うのみ。トリスウイスキーを買うと「ハワイ旅行積立預金証書」が抽選で100名に当たるというキャンペーンの広告で、ウイスキーを飲むことそのもの、そしてハワイ旅行のイメージが、どうしようもなくまばゆかったゆえに成立していた一行なのだと思う。

行こう、とか、やろう、とか、読んでいるこちらに呼びかける文体が山口瞳らしさだというのは『壽屋コピーライター開高健』を読んで知った。比べてみると、開高健の手がけたコピーはもっと内省的なものが多い。そこに浮かび上がるキャラクターは、山口瞳のコピーにはっぱをかけられる側にいるようにもとれる。山口瞳のコピーにはアジテーションが含まれ、開高健のコピーは詩的であるともいえる。

これらの1960年代の広告を、私はリアルタイムでは目にしていない。雑誌『広告批評』を熱心に読み、さらに広告黎明期のポスターの展示をしばしば観ていた頃にはじめて知った。時は90年代である。単純に、すごいなあ、と感じ入った。今、読み返してみたとき、正直言ってそこまでの感動はない。これは名作である、という前提の上での初見だったからかもしれない。あるいは、コピーを書いたときの開高健や山口瞳の年頃と、当時の私の年齢がそう変わらなかったからか、いやむしろ、広告の宣伝文句に夢を見ることがなくなって久しいからかもしれない。

＊

1972（昭和47）年、開高健本人が出演するサントリーのウイスキー「角瓶」TVCMが放映された。「釧路湿原雪裡川でイトウ釣りに挑む開高、しかし、釣れない。釣りを終えて、小屋に引き揚げてきた開高はたっぷり角瓶が注がれたマグカップを片手に日本の行く末を案じている」という筋書き。この「「釣れない」編」を皮切りに、開高健は亡くなる前年までの十数年間、30本以上のCMに出演したという。その中にある開高健の台詞のほとんどは、450本以上のTVCMを手がけ、「CM作家」との肩書きを持つ、東條忠義という人が書いていたのだと知ったときは驚いた。小説家が画面の中で喋っているならば、それは自らの言葉にちがいない、と、信じ込んでしまうのは私だけではないはず。

東條忠義がつくり、「日曜洋画劇場」の番組中に流されたサントリーのCMは「60秒のエッセイ」「文学CM」といわれたという。

「東條は一連のナレーション原稿について、敢えて「自分がつくっているものじゃない」と言い切っている。「開高さんの真似をしているのにすぎない」と言うのである」と『壽屋コピーライター開高健』にはある。

＊

サントリーの会社としての利益はほとんどがウイスキーによるものだった。

その中でもいちばんの稼ぎ頭だった「サントリーオールド」の販売量は１９８０（昭和55）年にピークを迎え、それからは減っていく。サントリーに限った状況ではなくて、ウイスキーそのものの販売量も１９８３（昭和58）年に頭打ちとなっていた。

それというのも、１９８０年代に入って間もなくはじまった、チューハイの流行が大きく影響している。蒸留酒を割って飲む、というスタイルは同じでも、ウイスキーの水割りおよびハイボールはチューハイの勢いに押されて存在感をなくしていく。

次にウイスキーの時代が来るのは２００９年。このときもサントリーが火をつけた。「角瓶」を炭酸で割った「角ハイボール」をあらためて売り出そうという計画は、角瓶のデザインを模した亀甲模様のジョッキを酒場に配ることからはじまった。お酒という液体そのもの以外でも、自身がこれまでにつくったものを最大限に活かすことができる会社なのだな。同じ年にサントリーは「角ハイボール缶」も発売している。酒場と家の中との両方から角ハイの復活を狙ったのだった。ちなみに角ハイボール缶の度数は７％。3年後に発売された「濃いめ」は９％で、その度数も含めた味わいはサントリーバーの流れを汲む、愛媛は松山にあった『バー露口（つゆぐち）』の味を下敷きにしているそうだ。

＊

「人生には、飲食店がいる。」とのコピーを軸にした広告をサントリーは２０２１年秋から世に送り出している。街角で見かけるポスターは、白色の地に水色でその言葉が大書されている。

居酒屋だったら「居」るという字が入っているし、酒場には「場」という字が入って、そこがどんな空間かどうかをずばり言い表してもいるのだけれど、あえて「飲食店」としたのはそれらよりもっと大きな括りでお店を慰めたかったからなのだろう、だがしかし、などとぐるぐる考えながら眺めていた。この広告は２０２２年度のＴＣＣ（東京コピーライターズクラブ）グランプリに選ばれたという。

このキャンペーンのＴＶＣＭとしては、ポスターと同じ言葉と絵柄を使ったもの以外に、また別のパターンのものがつくられていた。１９５０年代から今までに公開された邦画の中から酒場の場面をコラージュし、背後にTHE BLUE HEARTS「情熱の薔薇」を流すというもの。なんのてらいもなく酒場に行けたあの頃を思い出そう、という趣向だとしたら、それは正解ではあるにちがいない。けれど、過去の名画に過去の名曲という新味のなさには、物足りなさも否めない。これまでに見たことのないようなもの、新しいものを見せてほしいという欲がまだこちらにはあるもので。

のんべえのファンタジー

森見登美彦『夜は短し歩けよ乙女』

森見登美彦『夜は短し歩けよ乙女』には、想像上のお酒が登場する。「偽(にせ)電気ブラン」という、密造酒だそうだ。電気ブランを模してつくられたものの、再現することに失敗したゆえに、味も香りもまるで違うらしい。

電気ブランとは、100年以上前に東京は浅草で売り出された混成酒。ブラン、とはブランデーの略で、それを柱に、ジン、ワイン、キュラソーと薬草などを混ぜてこしらえられ、配合は秘伝であると裏ラベルには記されている。秘伝、とは、このご時世になかなか耳にしない言葉ではある。それをなぞった偽電気ブランのほうの輪郭もすぐには摑めなそうなものとして想像されて、こののんべえファンタジー小説を象徴するお酒としてふさわしい存在だと思えてくる。

タイトルに刻まれているこの作品のヒロイン、大学1回生の「黒髪の乙女」と、彼女の所属しているクラブの「先輩」のふたりが交互に物語る、という形式でお話は進んでいく。語り手ふたりの名前はずうっと明かされないままで。それがお伽話らしさを増幅しているようにも思う。

物語の舞台は京都大学を中心にした界隈である。その中を行ったり来たり、飛んだりしつつも、街なかから一歩も外へ出ることはない。強固な箱庭の中を最大限に活用して繰り広げられる、安心安全な青春ファンタジーである。ファンタジー、というのは、怪異の登場もさることながら、そもそも京都を舞台にしているのに登場人物の誰も京都弁を喋っていないこと、黒髪の乙女が、人の領域を超えたうわばみであることも含めて。なにしろ、潰れないし溺れない。飲みはじめれば底なしだが我は失わず、飲む機会がなければそれはそれとして日々を過ごす。そういう意味ではのんべえらしさがない。無邪気すぎるし、不埒さがなくて。

黒髪の乙女はラムが好きだという。

「もちろんラム酒をそのまま一壜、朝の牛乳を飲むように腰に手をあてて飲み干してもよいのですが、そういうささやかな夢は心の宝石箱へしまっておくのが慎みというもの」、他のお酒についてはそこまで熱を入れて語りはしないけれど、目の前にあればすいすいと飲んでしまうのだった。
彼女は、ひょんなことから、李白さん、と呼ばれる金貸しの老人と偽電気ブランの飲み比べ勝負をすることになる。ここではじめて、このお酒について仔細な描写がなされる。

それはただ芳醇な香りをもった無味の飲み物と言うべきものです。本来、味と香りは根を同じくするものかと思っておりましたが、このお酒に限ってはそうではないのです。口に含むたびに花が咲き、それは何ら余計な味を残さずにお腹の中へ滑ってゆき、小さな温かみに変わります。それがじつに可愛らしく、まるでお腹の中が花畑になっていくようなのです。

無味、といわれても、やっぱり勝手にその味わいを想像してしまうのがのんべえの常。ヴァンナチュールみたいなところもあるのかな、などと考えてみたり。そう、このくだりを読んだのんべえはみんな、自身が最も愛好するお酒を思い浮かべるに違いない。

ビール・ビール・ビール

村上春樹『風の歌を聴け』

いつぞや、小体な立ち飲み屋で、L字型カウンターのもう一辺の端から、村上春樹話が聞こえてきた。

「電気ブランといえば村上春樹ですよね、飲んだことないけど」

えっ？

私より年若い男の人の口からその台詞は出ていた。立ち飲みの気安さで、あのう、電気ブランなんか登場しましたっけ、と、その人に問うと「出てきた気がするんです、そういうイメージがあって。初期3部作しか読んでないんですけど」と返された。

『風の歌を聴け』『1973年のピンボール』『羊をめぐる冒険』の初期3部作、少なくとも、第1作目『風の歌を聴け』には電気ブランは登場しない。村上春樹のイメージってかなりひとり歩きしてるんだなと思わされた。そういう、外国を意識してつくられた国産品、というのはこの話にはほぼ出てこない。

1970（昭和45）年の夏休みをえがいた『風の歌を聴け』に頻出するお酒は、ビール。「25メートル・プール一杯分ばかりのビール」という名高いフレーズのとおり、とりあえずビール、とにかくビール、ビール漬けの夏休み小説である。

泡、その色、喉越し、味わいについては特段記されていない。もちろん、銘柄も。長所については、お話の語り手である「僕」のひとつ年上の友人「鼠」によってこう語られる。

ビールの良いところはね、全部小便になって出ちまうことだね。ワン・アウト一塁ダブル・プレー、何も残りゃしない。

酔いも、だろうか？　そんなはずはない。

21歳の「僕」は生物学を専攻する東京の大学生で、海辺の街の実家に帰省している。晩になると街に出て、行きつけの店『ジェイズ・バー』で、ビールを飲む。そこにはたいてい鼠もいて、やはりビールを飲んでいる。『ジェイズ・バー』では縁の薄いグラスに注いで飲む瓶ビールで、「僕」と鼠が友達になった日に一緒に飲んだのは自動販売機で買う缶ビールだとは分かるが、そのパッケージによる味の違いなどには、前述のとおり、これといってふれられることはない。どちらもただ単に、ビール、と、えがかれている。

鼠が頭の中でこしらえたストーリーを「僕」に話して聞かせる、男と女とビールの冒険譚は夢がある。そう、登場人物の空想の中にもビールが出てくる。物語の細部までビールに浸っている。ビールを飲まない、ということは非日常の証。

その夜、鼠は一滴もビールを飲まなかった。これは決して良い徴候ではない。そのかわりに、ジム・ビームのロックをたてつづけに5杯飲んだ。

そのように、鼠は気落ちするとビール以外のお酒を求めだす。『風の歌を聴け』におけるビールは、それなりに機嫌よく日々を過ごせていることを確認する指標のようだ。手に入りやすい、割ったり温めたりせずに飲める、アルコール度数が低いお酒、という気やすさゆえもあるはず。やっぱり、どこででも飲めるわけではない上に度数も30度の電気ブランだと「何も残りゃしない」とのさっぱりした感想は持てそうにない。村上春樹の作品の普遍性はお酒の選びかたからも見出せるのかもしれない。

とはいえ、浅い酔いではすまされず、鼠が、あるいは他の誰かが泥酔する晩、それをきっかけにして物語は進む。感情を動かすための、即物的かつ、古典的なスイッチとして、酔いがある。

イーハトヴの密造酒

宮沢賢治『ポラーノの広場』『税務署長の冒険』

宮沢賢治がえがくお酒の姿を、私が子供の頃に読み知っていたものの中から思い出してみると、とても短い童話『やまなし』、それから『カイロ団長』の2作が浮かぶ。

川の中の、蟹の父と息子ふたりが織り成す『やまなし』は1971（昭和46）年以降、長いこと小学校の国語の教科書に採用され続けているだけに、一読したことのある人は多いはず。その流れに落ちてきたいい匂いのする果実に興味を示す息子らに、父蟹はこうやさしく言ってきかせる。

待て待て、もう二日ばかり待つとね、こいつは下へ沈んで来る、それからひとりでにおいしいお酒ができるから、さあ、もう帰って寝よう、おいで。


やまなしのイメージとしては、香りの強さなどからラ・フランスなどを思い浮かべるもそうではなくて、野生の「イワテヤマナシ」だとの説が有力。

『カイロ団長』では、気のいいアマガエルたちが、初めて飲む「粟つぶをくり抜いたコップ」に注がれた「舶来ウェスキイ」に文字どおり足を掬われて、彼らよりも体の大きなトノサマガエルに無理矢理使役される。この童話を初めて読んだ10歳かそこらの頃の私は、手持ちのお財布からは酒代が払えないほどたらふく、うかうかと飲んでしまうアマガエル、そこにつけこむいかにも悪者であるトノサマガエルのどちらにも感情移入できなくて、もじもじした気持ちになったものだった。

大人になってから読んだうちでは、これも短めの童話『畑のへり』の初期形にも、のんべえのカエルが登場して「とうもろこしのお酒をたらふく呑んで、十二分にめいていして、大満足でうちへ帰りました」と相成る。どんな味わいかというと、茎を傷つけると滲み出す甘いお酒とあって、これはバーボンをイメージしているのかしらん。そして賢治の目には、動物をいろいろえがく中でもカエルはとりわけ酒飲みらしく見えていたのだろうか。

賢治らしい詩情のふんだんにあふれる場所が中心に据えられた物語『ポラーノの広場』にもお酒が登場する。

タイトルにあるその広場を、密造した「上等の藁酒」をただで飲ませる、選挙運動のための集会所として県会議員とその取り巻きたちは占拠していた。彼らと対立する存在として、語り手はいる。モリーオ市の博物局に勤める公務員で、山羊を一匹飼ってレコードを愛聴するひとり暮らしの青年、レオーノキューストと彼と連れ立つ10代後半の若者たち。彼らは、「柄のついたガラスの杯」を渡されて藁酒を勧められるも、固辞して水を求めたもので「しかしどうも水を呑むやつらが来るとポラーノの広場も少ししらっぱくれるね」と揶揄される。

ワイングラスらしい酒器に注がれる藁酒とはどんなものなのか、作中では特段解説されない。藁からつくるのか、藁を使うのか。もし、藁みたいな色だからというならば、それこそ白ワイン。

そのポラーノの広場を、かつてあったような、純度の高いきらきらした場所に立ち返らせるためにとキュースト が演説をする場面が、賢治の最終推敲前の原稿にはある。

諸君酒を呑まないことで酒を呑むものより一割余計の力を得る。たばこをのまないことから二割余計の力を得る。まっすぐに進む方向をきめて頭のなかのあらゆる力を整理することから、乱雑なものにくらべて二割以上の力を得る。

そうやって蓄えた力は、賢治の作品に繰り返しあらわれる、目指すべきもの「ほんとうのさいわい」を得るために使おうというのだ。そしてこうもキュースト は言う。

けれどもこういうやりかたをいままでのほかの人たちに強いることはいけない。あの人たちはああいう風に酒を呑まなければ淋しくて寒くて生きていられないようなときに生れたのだ。ぼくらはだまってやって行こう。風からも光る雲からも諸君にはあたらしい力が来る。

過去の人たちは飲めばいい、フレッシュな私たちは飲まないけれど、というスタンス。飲ませる側にも飲まされる側にもなりたくない、と。なんともはや、時をこえて今っぽく響く言葉だ。

『ポラーノの広場』は1927(昭和2)年に書かれたと推測されているそうだ。同年の賢治の詩に『藤根禁酒会へ贈る』と題したものがある。そちらには「酒は一つのひびである」をはじめとし、もっと手厳しい言葉が記されている。

とはいえ『やまなし』にはお酒のふんわりしたポジティブなイメージがえがかれていたのにな、そう振り返ってみるも、そういえば作中にやまなしのお酒が飲まれるシーンはないままお話は終わるのだった。それもあって国語の教科書の定番となっていたのかもしれない。

『葡萄水』という短篇にも、ワインの密造場面がいかにもおいしそうにえがかれている。結局は失敗してしまうのだけれど。

それらよりずいぶんくっきりと、密造＝悪、というところに焦点を合わせた作に『税務署長の冒険』がある。当時の岩手で盛んにおこなわれていたどぶろくの密造とその摘発を題材にした話だ。

かつてはハレとケの境目がはっきりしており、お酒はハレのときにのみ思い切り飲むものだった、という定説に、私が疑いを向けるようになったのは、日本でどうお酒がつくられ飲まれてきたかを辿る歴史の本『どぶろくと女』を読んでから。少なくとも、東北と九州にはたしかに、自家製のお酒が日常的に飲まれていた時代があった、とある。お酒にも「うちの味」があった。

自家製、といっても、たとえば今でもおこなわれているように梅の実を焼酎に漬けるなどよりももっと本格的に、焼酎そのものをうちでつくっていた。

東北では濁酒、九州では焼酎を各々のうちで醸す習慣が断ち切られたのは明治時代に入ってから。『どぶろくと女』によれば、1880(明治13)年に「自家用酒は、一人一年一石以内に製造を制限」され、2年後には「自家用濁酒については製造を免許制にして、鑑札料を一年80銭徴収」すると国からの命令があった。その税金を払ってでも、うちでつくるほうがよかったから多くの人は免許を取った。1896(明治29)年には「許可を受けたつくり手が全国に108万人、東北には28万人」と、東北史上最高を記録したという。お酒づくりが国に管理されるようになったため、こういう数字もはっきりと知ることができるのだけれど、それは自由と引き換えにとられたデータである。

自家製のお酒づくりは全て違法とされ、密造摘発の対象とされたのは1899(明治32)年。国が口を出すようになってから20年も経たないうちにである。

余談ながら、東北では6県全てでホップの栽培が長いこと続けられてきた。それはどぶろくに入れるためでもあったとは、日本ワインの先達である麻井宇介の『「酔い」のうつろい』で知った。「戦中戦後、東北地方のホップ生産地では、毬花(きゅうか)(雌花)一升が精米二升と交換価値をもっていたという」とある。ホップといえば苦味だとばかり思い込みがちだけれど、そもそも腐造防止の役割を務める材料なのだった。

＊

賢治の『税務署長の冒険』の筋書きは、各々のうちでどぶろくをつくるよりもいっそ本格的にやろう、と、村民が一致団結して工場をつくり清酒を密造している、その現場に署長が乗り込むというものである。

書き出しの原稿は数枚欠けていて、署長が村の小学校でおこなった「濁密防止講演会」の途中の場面からはじまるのだけれど、今となってはどう読むのかも惑うような言葉「濁密」はすなわち「濁酒密造」をつづめたもの。

署長はこんなことを言う。

> 濁密をやるにしてもさ、あんまり下手なことはやってもらいたくないな。なぁんだ、味噌桶の中に醪を仕込んで上に板をのせて味噌を塗って置く、ステッキでつっつぃて見るとすぐ板が出るじゃないか。厩の枯草の中にかくして置く、いい馬だなあ、乳もしぼれるかいと云うと顔いろを変えている。
>
> こそこそ濁酒半分こうじのままの酒を三升つくって罰金を百円とられるよりは大び

らでいい酒を七斗呑めよ。

これらは賢治の創作ではなく、どぶろくの隠し場所としてのリアルな例なのだ。署長は聴衆を煽るように、どうせ自家製のどぶろくはおいしくできないように言う。

政府が自家製のお酒を取り締まるわけは、過度な飲酒は体にさわるからという健康上の理由からなどではなくて、なるべく沢山の税金を取り立てたいから。酒蔵が生業としてつくる、お店で売られるお酒にはたっぷり税金がかかっている。それを買ってもらって国の財政を潤したい。だからお酒を飲むこと自体はどんどん推奨する。

どんな背景があろうとも密造は罪であり、取り締られて然るべきもの、お上に逆らうだけ無駄なこと、そういう風な価値観が示されているように思う。禁欲的な方向を目指すあまり、政府のほう、体制側に寄り添っているようにも。

この村の酒屋に置いてある「大びらでいい酒」の銘柄は「イーハトヴの友」「北の輝」で、これは賢治オリジナルの命名であるはず。どちらもいかにも、今でもありそう。作中では「イーハトヴの友」のほうが値段が高い、つまり上等なお酒であると設定されている。

コラム　おかずとつまみの境界線

お酒のつまみと、普段のおかずとのあいだの境界線はどこに引かれるのだろうかと気になって、以前、おかずのレシピ本を何冊も出しているある料理研究家に、つまみとおかずの違いは？　と訊ねたことがある。塩気の強弱、との答えが返ってきて鼻白んだものだった。ただしょっぱくしとけばいい、というレシピなんて、のんべえをあまりにもなめていやしないか。

対して、鎌倉在住の料理研究家・辰巳芳子さんのおつまみレシピエッセイ集『お肴春秋』に書かれている定義は納得できるものだった。

酒の肴はいわゆるお菜とは異なり、どこかにキリッと締まった、洒落たところがあってほしいと思います。お造り一つとっても、お夕食に召し上がるときと、酒の肴として召し上がるときとでは、盛り付け（照らし方）が自ずから違ってくるべきでしょう。

それは、日本酒を飲もうというとき、徳利から盃に注ぐのと、他の飲みものとの兼用のコップに注ぐのとでは、たしかに気分が違ってくるという事実と重ね合わせられる。酒器選びについてのくだりにも「酔うためではなく翌日から元気に働くためのお酒ですから、つまらないと思われるようなことこそ大事に扱ってほしいと思います」ともある。ちなみに、料理酒として使われる日本酒については、松茸ごはんの仕上げとして「味に膨らみを出したければ、甘い地酒をほんの少し垂らすとよいでしょう」とあって、また、にゅうめんのつゆの材料としても、煮切りみりんの代わりに「甘口の地酒」と示されている。

そういえば、この本でとりあげた、村上春樹のデビュー作『風の歌を聴け』からつながる物語『ダンス・ダンス・ダンス』には、語り手の「僕」がひとり過ごす場面に、こうある。

ホウレンソウを茹でてちりめんじゃこと混ぜ、軽く酢を振って、それをつまみにキリンの黒ビールを飲んだ。そして佐藤春夫の短編を久し振りにゆっくりと読みかえしてみた。何ということもなく気持ちの良い春の宵だった。

つまみというものの佇まいの美しさ。とはいえ、『ダンス』をはじめて読んだ20代前半の頃にはハワイの浜辺で飲まれるピナ・コラーダに気を取られていて読み流していたくだりではある。今になってみると、春でしょ、自分ならば出盛りを過ぎたはずのほうれん草より菜の花を使いたいな、などとも口を出したくなってしまうけれど、菜の花の苦味が黒ビールと合わないかもしれない、と、思い直す。

りんご酒と海の幸

太宰治『津軽』

紫色のジャンパーを身にまとい、上野発の夜行列車に乗り込み、ふるさとである青森は津軽に向かう。太宰治は、紀行文『津軽』で、その土地らしさを、そこで醸成された自身の芯となる部分を削り出すようにえがく。

彼は、実家より先に蟹田（かにた）へ、かつての使用人「N君」の家へと向かう。太宰はその人を友人だと思っているというけれど、先方にとっては、いくら親しげに話したとて、ふたりのあいだに引かれた一線は消えていないだろう。

太宰が出発前に「リンゴ酒と、それから蟹だけは」、そう所望する手紙を出していたのに応えて、そこに用意されていたのは、沢山の蟹。蟹田、との地名は名物をそのまま映している。たしかに太宰にとって蟹は大好物のようだけれど、りんご酒と書いたのは遠慮ゆえのこと。時は１９４４（昭和19）年5月、列車の中で明け方の寒さに震えつつ空想した熱燗の日本酒も、ビールも、すでに配給制になっていて、いつでも好きなだけ入手できはしなかったはずだから。

津軽地方には、このごろ、甲州に於ける葡萄酒のように、リンゴ酒が割合い豊富だという噂を聞いていたのだ。

青森とりんごの歴史について後で調べてみよう、と、ページの角を折りながら読み進めようとしたら、彼は先回りしてそれについて書いてくれている。青森県のりんご年表などと照らし合わせてみると、年号のずれなどはあるけれど、明治初期に日本に持ち込まれ、剪定などの技術も外国から移入したものだという太宰の認識に間違いはない。

青森名産として全国に知られたのは、大正にはいってからの事で、まさか、東京の雷おこし、桑名の焼きはまぐりほど軽薄な「産物」でも無いが、紀州の蜜柑などに較べると、はるかに歴史は浅いのである。

栽培面積、収量とも日本一となったのは1908（明治41）年で、それから一度も他県にそのポジションは奪われていないのだからすごい。日本一となる前年の津軽の地元紙「東奥日報」には「林檎酒売出し」の広告が載っていて、売り文句にはこうある。

本品ハ能ク清澄シ炭酸瓦斯ノ抱和量其度ヲ得甘酸調和シ其味及香爽快ナリ

シードルを想像させる文言だ。

青森のりんご酒は、地元で醸造業を興そうという人たちによってこの頃からつくられはじめたという。お米でこしらえるどぶろくのように、昔から各々で自家醸造されていたわけではない、馴染みのないお酒だったことはりんごの栽培の歴史が浅いところからも想像できる。

当時建てられた醸造工場のひとつが弘前に今でも残っている。21世紀に入ってからは度々、弘前出身の美術家・奈良美智の個展がおこなわれる場所として知られていた。2020年からは「弘前れんが倉庫美術館」となって通年開放されている。煉瓦づくりの文句なく立派な建物で、展示された絵やオブジェを引き立てて余りある。1960年代までは、いくつかの会社に引き継がれながら、りんご酒が醸造されていたという。そのひとつ「御幸商会」は、醸造をはじめて2年目の1936（昭和11）年に、弘前に来ていた秩父宮に、つくりはじめたばかりのりんご酒を飲んでもらったそうだ。発泡性だったという、やっぱりシードルみたいなそのお酒は「ミユキシャンパン」と名付けられた。とはいえ、その後、会社の軸となったのは、アルコールを添加して16度と日本酒の度数に等しく揃えた「ミユキリンゴ酒」で、添加用の芋焼酎をつくる蒸留装置も工場に導入していたという。それというのも、第二次世界大戦中には食べるためのお米を確保するという名目で、国により日本酒の生産量が大きく減らされた。その穴埋めのために、りんご酒は盛んにつくられ、1943（昭和18）年には過去最高の生産量を記録したそう。

反面、同じ時期にはりんごの木を新しく植えることが禁じられたり、りんごではなく米、大豆などを植えるようにとの法律がつくられたりしている。

「リンゴ液」＝りんごジュースも、娃とその夫と、津軽では、アヤ、と呼ばれる下男と共にピクニックに出かけた場面で登場する。そこでは太宰はビールを飲んでいる。

さて、本の中の時代に戻れば、この土地ではお酒を入手するのはわりあいたやすく、遠慮しなくてもいいと分かったならば太宰は馴染みのお酒のほうに手を伸ばす。

N君の案内で奥州外ヶ浜を北上したのであるが、出発に先立ち、まず問題は酒であった。

「お酒は、どうします？　リュックサックに、ビールの二、三本も入れて置きましょうか？」と、奥さんに言われて、私は、まったく、冷汗三斗の思いであった。なぜ、酒飲みなどという不面目な種族の男に生れて来たか、と思った。

旅の道中、太宰の先回りをするように、お酒が用意されている。先回りといえば、太宰の書いたものを読んでいると、常に先回りをされているような気持ちになる。文章を辿っていって、こちらが行間を読もうとするや否や、次の行にはこちらが思い浮かべたような事柄がすでに書き込んである。全部書き切ってしまうのは太宰のサービス精神なのだろうか。

蟹田の知人「Sさん」が太宰を歓待しようとして妻に矢継ぎ早にリンゴ酒と「アンコーのフライ」と「卵味噌のカヤキ」の支度を言いつける様子を活写した上での、太宰の述懐がよみがえる。

ちぎっては投げ、むしっては投げ、取って投げ、果ては自分の命までも、という愛情の表現は、関東、関西の人たちにはかえって無礼な暴力的なもののように思われ、ついには敬遠という事になるのではあるまいか。

ここにある「愛情」はそのまま太宰の「文章」のスタイルに置き換えてもしっくりくる。とはいえ、太宰の懸念するように敬遠されはしないでここまで愛されてきているのもほんとうで。

津軽の郷土料理の本をめくれば必ずや載っている「卵味噌のカヤキ」についてはやはり太宰が先回りして説明してくれている。「貝の鍋〔帆立貝の貝殻〕を使い、味噌に鰹節をけずって入れて煮て、それに鶏卵を落して食べる原始的な料理である」、その器からして「貝焼の訛であろう」とも。太宰は病人食だと書いている。玉子が貴重だった時代はそのとおりだったらしい。

ちなみに鮟鱇は今でも津軽でよく捕れる魚で、中でも風間浦がとりわけ名高い。

魚といえば、秋田と県境を接する鯵ヶ沢での、そこで獲れるはたはたを「海の鮎とでも思っていいただいたら大過ないのではあるまいか」との太宰の解説はその身の淡白さとサイズをずばり言い表している。

＊

地元からそう遠くないのだけれどはじめて足を踏み入れる、誰も知る人のいない街を太宰は心許なく歩く。親しくしている人に案内されたならば全く街の印象は違うのではと書く。全くもってそのとおり。津軽での太宰の友人知人はみんな、太宰の生家の津島家にゆかりのある人たちで、太宰が自ら切り開いた人脈ではない。津島家の一員として暮らしていく心算でいない太宰にはそのことが津軽での所在なさにも繋がっている。とはいえ、太宰自身と津軽とのあいだに置かれている距離がこの土地の印象をよりリアルに伝える手助けをしているようにも思えてくる。太宰が津軽を我が物顔でのし歩くような人だったら、途中で白けてしまったかもしれない。

五所川原の叔母の家を訪ねたとき、折しもそのあたりのりんご園は花盛りだった。

白い粉っぽい花が満開である。私は林檎の花を見ると、おしろいの匂いを感ずる。

太宰ももちろん書いているとおり、5月の北東北は一年でいちばんはなやかなときだ。桜が満開になるのも5月だし、山菜もふんだんに採れる。野と山が一気に明るく染まる。

津軽を案内するのに5月はいちばんぴったりしているのだった。それは隣り合う秋田も岩手も、北東北3県に共通することでもある、今でもそう。そう、太宰と一緒に津軽のあちこちを巡っていると、いっとき、時代を忘れる。同じ年に東京の街の様子をえがいた作品を読んだら、その風景の今との断絶に息を呑むに違いないのに。

五所川原にて、太宰は、かつて世話になった人の、19、20のひとり娘にあらためて街を案内してもらう。りんごの木を伐採して代わりにじゃがいもなどを植える計画が持ち上がっているのはほんとうかどうか訊ねたところ、それはまだ現実味を帯びた話ではないとのことだった。実際、そのとおりにりんごの木を伐ってしまっていたら青森におけるりんご栽培の歴史はまた違ったものになってしまっていたはずだ。

＊

酒屋で、酒場で、シードルをよく見かけるようになったのはここ5、6年のことだ。そういえば、とある酒屋で、シードルについて立ち話をしていたら、なんとなく流行っているからうちもつくってみようという人は信用できない、と、お店の人にずいぶん激しい口調で言われて、別に私自身がそう浮ついた気持ちで製造に着手したわけでもないのに、怯んだものだった。それは2018年末のことだったから、その頃にはすでにシードルは流行っていたということになる。クラフトビールおよびヴァンナチュールの流行がはじまって少ししてから存在感が増してきた印象がある。果物の醸造酒とはいっても、発泡していてアルコール度数が5％前後であるところはビールとぴったり重なる。だからクラフトビールを飲む人がその延長線上で求めているはず、と、ソムリエの知人は言っていた。

りんごの生産量第1位は青森県ではあるのだけれど、シードル醸造所数では2位に甘んじている。1位は長野県で、3位は北海道。どちらも土地柄を映したものづくりが上手いところだけに、挟まれた青森にもよりいっそう頑張ってほしいと願う、東北びいきの私。

面影を辿る一杯

江國香織『神様のボート』

江國香織の母娘小説『神様のボート』は、カクテルを飲むところからはじまっている。「倒れそうに甘くて病みつきになる味」で「とろりとした琥珀色」をした、よく冷えたカクテルで、名は、シシリアンキス、というのだと、このお話の主人公である葉子さんは、娘の草子さんに、幾度も話して聞かせた。草子さんが「発生」するきっかけとなった場面と絡めて。幼時からずっと、おとぎ話のように聞かされてきたものだから、まだ飲めはしないという以前にお酒の酔いを求めない年頃でありながらも、草子さんはいっぱしの語り部となってこう解説する。

「午後の戸外の飲み物として、あんなに幸福なものはない」らしい。氷が日ざしをうけてみずみずときらめくのだそうだ。

『神様のボート』をめくっていると、頭の中にS字フックのイメージが浮かぶ。ホームセンターや百均などで売られている便利で名前どおりのかたちのあのシンプルな道具が、作中に登場するわけではない。けれど葉子さんの世間との付き合いかたはまるで、その場その場ですっと引っ掛けておくだけのS字フックのようなのだ。色白で、「鎖骨はシャワーをあびると水たまりができるくらいくぼんでい」て、ベリーショートで、ふわりと広がるスカートをいつもはいている葉子さんの姿は、解けないようにぎゅっと結ばれることのない、舫われないボートそのもの。

草子さんの父である「あのひと」と別れてから、ひとつところにとどまらないことを信条として、葉子さんは、例えば川越、今市、高萩、佐倉と、関東の小さな街を、草子さんを連れて飛び石のように渡り歩き続ける。その生活にリアリティがあるのは、葉子さんがピアノの腕と、自信のあるという雑巾掛け術を活かし、どの街でもふたり分の暮らしを成り立たせているからだろうか。

十数年のあいだのふたりきりで寄り添う暮らしの上では、草子さんは「ママは普段お酒をのまない」と信じていた。例外は誕生日のお祝いのときだけだと。実際はそんなことはないのだけれど、幼い草子さんの目に映るときの葉子さんはたしかにそうだった。年を重ね、母の放浪の相棒を務めきれなくなった草子さんと交代するように、暗闇に沈むためのお酒が葉子さんの生活に入り込む。寝酒のワインだ。

「でも一杯だけだ。それは決めている。アメリカの小説にでてくる哀れな女のようにのんだくれたら、あのひとをかなしませると思うから」、自らをそう戒めつつ「あのひと」とふたりでかつて一本空けることもあったワインを、自分を律しながら飲む。この小説が世に出た当時の私は、一杯で満足しないといけないなら、重たい赤だろう、などというある種陳腐なイメージで読んでいたけれど、そこから四半世紀近く経った今では、存外、ロゼとか、いまどきのワイン語でいえば「薄旨系」の、向こう側が透けて見えそうで見えないくらいに明るめの赤を注ぎたい。

ずっと昔、よくあのひととお酒をのんだ。あのひとは、どんなお酒もきれいな動作で、すうっとしずかに身体に入れた。私はその液体があのひとの喉や胸を通り、胃にまっすぐおちるところを想像したものだ。きっと正しい栄養になる。

お酒に向かう姿勢にしてはあまりにも一直線である。こうやって、葉子さんの回想で辿られる「あのひと」の姿はいつも文句なしにかっこいい。いや、かっこよすぎる。聞いているこちらがなんとなくもじもじと居心地が悪くなるくらい。それは、葉子さんが「あのひと」を語れば語るほど、どこまでがほんとうにいる彼で、どこからが頭の中でこしらえた彼なのか、判然としなくなるからというのもあるだろう。「あのひと」の面影を辿るときの葉子さんは、飲んでいようがいまいが、素面ではない様子なのだった。そして、それこそが我を忘れた恋の実像でもある。

浅草で飲むならば

半村良『小説　浅草案内』

半村良の『小説　浅草案内』を薦められたのは、私が浅草の観音裏に住みはじめて間もない頃、十数年前のこと。かつて半村良もほぼ同じところに住んでいたという。私は4年間そこで暮らしたのち、北千住に転居し、5年前から再び、街の歴史を遡ると旧浅草区に位置するマンションの一室にいる。

浅草は私の気を安めてくれ、ゴタゴタの渦中にいる自分を、昔の子供の位置から眺めさせてくれる。そうすると、苦になっていたことが苦にならなくなり、欲しがっていたものが欲しくなくなる。

お話の冒頭で、半村良はそう礼賛しているもので、てっきり、浅草が彼の故郷かと思いきや「墨田、江東という隣接地に育った」とある。幼時、隅田川を渡って訪ねた、いい思い出にあふれる街にはじめて居を置いたのは五十路をやや過ぎてからだった。

タイトルには「小説」とある『小説 浅草案内』だけれど、読み進み、年譜と照らし合わせると、ほとんど私小説といえそう。SFではない。そう解釈すると、半村良が浅草に越してきたのが1987（昭和62）年で、2月末の物件探しから翌年の三社祭までがえがかれる『小説 浅草案内』の刊行が翌88年だから、浅草のどこを歩き、どの店で誰と飲んだかをほぼリアルタイムで書き進めていったことになる。

実在の人名、現存する店名も多数文中にあらわれる。たとえば『エル』『佐久良』『徳太楼』など。私が前に住んでいたときはまだあった『かいば屋』は閉店し、『婦志多』の跡地にはマンションが建った。ただ、ご近所の人たちと出会う舞台となっており、つまびらかに描写される2、3軒の酒場は架空の存在ではないかと思うのだ。中でも、物語の後半から行きつけとなる小料理屋『傘屋』は、ありそうでなさそうな店のように思える。店構えにしても、内装にしても、他の店に比べて細部があまりにも具体的に描きこまれているところがむしろ疑わしい。観音裏で20年近く居酒屋を営み、街の古老を相手にしてきた人にも訊ねてみたところ、この小説以外では見かけたことも聞いたおぼえもない店名だという。

『傘屋』で半村良はいつも、二合徳利で出てくる「高清水のぬる燗」を飲む。お酒の銘柄が記されているのもこの店でだけだ。

松の内にも『傘屋』に向かう。そこで旧知のお客と行き合う。先方に献杯され、おめでとうございます、との挨拶に、半村良は「どうも」と、返す。

私は最近、どうもという挨拶しかできなくなったみたいだ。もともと好きではなかったが、あらたまったやりとりがどんどん面倒になって行く。浅草でのんびりしすぎているのだろうか。

再読して分かるのは、以前は真正面から読めてはいなかった、ということ。当時、浅草に馴染むのを急がないように心していたはずだったけれど、実際そうはできていなかった私には、やはり浅草に越してきた、半村良の幼馴染が発するこんな台詞に、居心地の悪さを感じていた。

当たり前のことなんだが、思い入れが強すぎたから、ここも自分のいるべき場所じゃないような気がしはじめたのさ。それまでの一年間、浅草だ、浅草だって、少しはしゃぎ過ぎたからね。

居酒屋が似合う年頃

川上弘美『センセイの鞄』

川上弘美の小説『センセイの鞄』の、物語の語り手であるツキコさんは、30代半ばを過ぎてから、ひとりで飲みに出ることも厭わぬのんべえとなりつつあった。十支ふた回り半ほど年長の「センセイ」こと松本春綱さんと、駅前の居酒屋でおよそ20年ぶりに再会したのも、それゆえに。ツキコさんが通っていた高校で国語の教師をしていたから、センセイ、と、ふたりは作中で互いを片仮名で呼び合う。再会とはいえ、ツキコさんはあまり国語という教科に真面目に向き合っていなかったらしく、かつての思い出話に花を咲かせるなどはしない。センセイはどんな性向で、どんな肴を好むのかを一から知り、あらためて、飲み友達として、親密さを深めていく。

ツキコさんとセンセイのあいだにはこんな取り決めがある。

わたしたちは、お互いの酒やつまみに立ち入らないことを旨としている。注文は各々で。酒は手酌のこと。勘定も別々に。

3つのルールのうち「酌」については、きびしく守られる場面は存外少ない。互いに差しつ差されつとなり、ルールが破られるその度に、ふたりのあいだの親密さがいや増す。もちょっとストレートにいうと、エロくなる。たとえばセンセイがツキコさんの頭を撫でたり、手を繋いだり、あるいはそれ以上に互いの身体を触れ合わせたりする場面よりも。

センセイがコップを干したので、わたしがビールをつぎ足した。センセイはこばまなかった。もうちょっと、泡たてて。そうそう。そんなふうに言いながら、わたしの酌を静かに受けた。

瓶からコップへと先生が注ぐビールの泡は「きれい」で、そして「固くたっていい」るとある。たしかに酌のセンスが感じられる仕上がりだ。しかしセンセイが本領を発揮するのは、徳利から盃へ、日本酒を注ぐ局面において。卓上に置いた盃に、高い位置に持った徳利の口から、「細い流れ」となったお酒が「とくとくと音をたて」るようにして盃を満たす。その真似をしてみたツキコさんはあえなく失敗し、お酒をこぼす。いつぞや職場の同僚に「ツキコさんのする酌は色気がないね」と言われた過去がよみがえる。

酌し合うことは、気を遣い合うことである。相手のペース配分にも目配りしながら飲み進めるということ。だから、物足りなく感じられたり、つい飲みすぎたりするのは、互いの気遣いがずれている証拠。

センセイが、自身を手酌派であると表明しているのも、ツキコさんはお酌するのが上手くないとの理由から。とはいえ、前述のように正しい注ぎかたを教えようとする場面も幾つか見つかるのは、教師という職業柄ゆえだろうか。

センセイは、「女のくせに一升瓶を手酌ですかキミは」とツキコさんを咎めもする。

「女のくせに」!

振り返れば、再会して間もなく「キミは女のくせに一人でこういう店に来るんですね」ともセンセイは言っていた。読み返す度に違和感が大きくなる箇所である。少し昔の話と思えばそれもそうかなと飲み込んでしまいそうだけれど、この小説がスタンダードな居酒屋の情景をえがいて古びないものだから、余計に気になる。はじめて読んだときはふーん、と受け流していた。自分と時代、どちらも初読時とは感覚が変わってきている。

そう、居酒屋文学の中から男の美学はいくらでも拾い上げることができても、女、それももう若くない女としての粋なロールモデルはなかなか見つけにくいものだな、と思う私。酒場を舞台にした年増女の振る舞いで、あくまでも女将以外で、素直に憧れられる、そういう雛型がぱっと想像できないのがもどかしい。

むしろ、物語の終盤で登場する、『センセイの鞄』の単行本が刊行された2001年には日常における最新の通信機器であった携帯電話にまつわるエピソードのほうが、「女のくせに」のくだりよりも違和感なく読み進められたりする。スマートフォンが主になったとはいえ、それはかつての携帯電話と同じく会話も繋いでくれるものだから。

国語教師らしく、伊良子清白の詩、松尾芭蕉の句など、時たまセンセイは詩歌を諳(そら)んじる。それらはどれもお酒をえがいたものではない。唯一、「サトルさんの店の隣にあるおでん屋」にてあらすじが紹介される内田百閒のエッセイ『素人掏摸(すり)』は酔っ払いの話だ。それらの作品もまた、古びていない。

*

月刊誌『太陽』に連載されていたときから『センセイの鞄』を折あらば読み返し続けてもう四半世紀近い。そのあいだ、これ以上に人心を掌握する、渋くて甘い居酒屋小説はなかなか世に出ていないと私は思っている。

発表されて10年経った頃には、まだ私は物語の語り手であるツキコさんの37歳という年齢には届いておらず、屈折しつつ物静かで、自由な独り身の女の話、として読んでいた。作中であれこれ飲み食いするツキコさんではあるけれど、その中で、誰かに料理をつくってあげる、という場面はひとつもないことに感じ入っていた。

ちょうど37歳のときには、渋さのある居酒屋に自分が身を置くことに違和感がなくなったなとうれしがっていたもので、女が居酒屋に似合うようになる年頃をよくぞ狙い定めてえがいたものだとしみじみしていた。今思えば、自分自身の年齢だけでなく、居酒屋は男のテリトリーとは断言しづらくなってきたという世の趨勢も重なっていた。『センセイの鞄』の作中では5年という時間が流れ、ツキコさんは物語の終わりでは42歳になっている。同じく四十路を越えたてのときの私は、『バーまえだ』にリアリティを感じていた。

物語の中盤で、ツキコさんは高校の同級生と再会し、彼の行きつけのバーに同行する。高校の近く、ビルの地下にあるという『バーまえだ』。彼はやはり同級生であった前の妻ともここに来ていたそうで、20年来の常連だ。

はじめて来たからか、この酒場ではツキコさんは注文を彼任せにしていた。「こうばしい牡蠣のくんせい」、「チーズのオムレツはふんわりとあたたかく、チシャのサラダはぴりっとしまった味」、そしてボトルでたのんだ赤ワインを飲む。

彼はワイングラスをしきりに回す。

「こうやってさ、くるくるまわしをしてる奴が世の中にはよくいてさ、見るたびに気恥ずかしいって俺も思うんだけど」、照れ隠しのようにそう言いながらツキコさんにも回すことを薦める。私もかつてはワイングラスをくるくる回すのは格好悪いと思い込んでいたけれど、おいしくなるなら回したほうがいい、なんなら上手く回したいと思い直した。

ツキコさんとただの飲み友達の一線を越える登場人物ふたりは、年齢も行きつけのお店もツキコさんへの接しかたも、まるで違うようにえがかれているのだけれど、バツイチであるところと、お酒の注ぎかた、飲みかたを教示するというところは共通している。ツキコさんはのんべえではあっても、飲みかたにこだわらない質だから、それもある。

また、酒場は長いこと男の居場所であったから、そこでの振る舞いを体に染み込ませているのはそちらのほうであるにちがいなくて。

『バーまえだ』は、前田さんの店であるとストレートに伝わる店名であるけれど、ツキコさんとセンセイの再会の場でありそれ以来ふたりの共通の止まり木となる居酒屋については、店主の名前から「サトルさんの店」と呼ばれるものの、真の屋号は明かされることがない。

その佇まいについて、作中の描写を拾い出していく。

駅前にあって、店内は薄暗い。そう小体な店でもなさそう。店主は忙しなく立ち働いている。まれに、ラジオがかかる。それくらいで、壁にカレンダーはかかっているのかとか、カウンターの材質とか、椅子はどんなものでその座り心地は、などについては説明されない。ちなみに、出される日本酒は栃木のものだとは明かされても銘柄については特段言及されない。仔細にえがかれているのは、つまみについて。日替わりのメニューは黒板にチョークで記されている、とある。

かつおのたたき。とび魚。新じゃが。そら豆。ゆで豚。センセイならばかつおとそら豆をまっさきに頼むにちがいない。

そういえば、黒板とチョークのある風景は、きっと高校時代と繋がっている。冒頭に、センセイはいつも黒板拭きをチョークを持つのと反対側の手に持ちながら板書したとあるのだし。

下戸のオダサク

織田作之助『世相』

小説家たちの食歴の参考書、嵐山光三郎『文人暴食』をめくると、織田作之助はあまりお酒が飲めなかったと分かる。少しでも強くなろうと気負っていたふしもある。

たしかに、代表作『夫婦善哉』では、食べものについての描写は丁寧でも、お酒についてはさらりと流している。ついでにいえば、十数年前に『夫婦善哉』続篇の原稿が発見されている。舞台は、オダサクの代名詞のような街、大阪はミナミから温泉地の別府に移り、生活の明るさ哀しさが小気味好くえがかれる物語、ぜひご一読あれ。

その『夫婦善哉』から6年後に発表された『世相』には、お酒が絡む、どぎつい台詞があった。

男と寝る前の酒はブランディに限るわ。

『世相』は、世情がどう変わろうとも、いつでも小説の「タネ」を探してうろつきまわらねばならない作家の生態を、終戦の年の大晦日までの5年半を行き来しながらえがいた、私小説風の味わいのある作である。

先に引いた色っぽい、を通り越している台詞は、バー『ダイス』のマダムが発したもの。当時、彼女は物語の語り手である「私」の2つ下の27歳で、バーのあるミナミの横丁をさまよう「私」にちょっかいを出す。けばけばしいマダムの服装の趣味も、ずいぶんなのんべえであるところも、しっくりこないとみているはずなのに「私」はどうも『ダイス』に足が向きがちだ。

コップに注がれたビールを飲もうとすると、マダムは私の手を押えて、その中へブランディを入れ、

「判っとうすな。ブランディどっせ」わざと京都言葉を使った。

ちなみに、石原裕次郎の歌「ブランデーグラス」が流行ったのはこの話から30年以上後のこと。ブランデーは、ぶどうからつくられる蒸留酒で、フランス西部のコニャック地方、そこから南下し、ボルドーを挟んだ、アルマニャック地方が主な産地である。日本ではじめてつくられたのは明治半ばで「大黒天印ブランデー」という銘柄だったそうだ。とはいえ、今でも輸入ものが主流ではある。

オダサク自身が投影された「私」はお酒が弱いから、度数の高いブランデーを混ぜたビールを口にしようものなら、たちまち顔が「仁王のよう」に赤くなるし、マダムがより扇情的な服に着替えてみたところで、悪酔いしてへたり込み、呆れられてしまう。帰ろうにも足がふらつき、店にとどまり、マダムとの会話から小説の素材を得ようと粘る。

これは書けると、作家意識が酔い、酒の酔は次第に冷めて行った。

小説家としての気持ちの高ぶりと、アルコールの酔いは全く切り離されたものとして書かれている。たしかに別物といえばそうなのだが、高揚する、というところで少しでも重なる部分があるのではと思ってしまう私はやはりマダムと同じ穴のむじなの、のんべえなのだろう。オダサクにとって、酔いの心地よさというものは決して自分の頭と体では味わえない境地だったのだろうなとも思わされる。

そう、下戸だから、マダムの酔態をえがく筆致にはちっともやさしさがない。

顔は白粉がとけて、鼻の横にいやらしくあぶらが浮き、息は酒くさかった。

こんな一文を読めばこちらの酔いもたちまちさめて、化粧直しをせねばと鏡のある小部屋へ駆け込まざるを得ない。

バアガンディーの白葡萄酒

谷崎潤一郎『細雪』

おっとり、生真面目、内気、はねっかえり。

旧家の四姉妹による大河小説、谷崎潤一郎の『細雪』を読むと、人の性格は血筋にばかり左右されはしないのだな、そんな当たり前のことを、あらためて実感させられる。ただ、谷崎は、舞台となる京阪神という土地の持つ性格、たとえばぽかっとした明るさと切なさ、情の濃淡などを、そのまま、裕福に生まれ育った、美人揃いの四姉妹の気質に投影してもいる。関西の街は多面的で一括りにできない、それを彼女らに体現させたのではとも解釈できる。

どこまでも東京人としての視点を失わず、それでいて関西の風物にとことんはまった谷崎だから書ける東西文化論としてもこの小説は秀逸である。東女ながら、四女の妙子さんと同じくらいの年頃に京都に暮らしていた私としては太鼓判を押したい。中でも、最も、西の女らしさを感じさせるのは、三女の雪子さんだ。その内気でどっちつかずな態度、しかしいざとなると決して譲らない、てこでも動かない強情さを併せ持つ。そういうタイプの女の人は、振り返ってみれば、京都でアルバイトしていた喫茶店の同僚にも、お客さんにも、たしかにいた。

1936（昭和11）年から1941（昭和16）年までを辿る物語は、雪子さんのお見合いからはじまる。なかなか、うまいことまとまりはしない。次女の幸子さんは気を揉みつつも、胸中でこうひとりごちる。

雪子のように兎角胸にあることを発散させないで、じーッと内攻させているたちの人は、時々酒の相手でもさせて貰わなければいよいよ気分が滅入り込むであろうし、夫の方でもこう云う人を妻に持ったのでは、そんなことでもなかったら鬱陶しくて遣り切れないであろうとも思えて、旁々（かたがた）、下戸の夫を持った場合の雪子と云うものを想像すると、とても淋しい、気の毒な感じがしていたのであった。

ただ、それなりののんべえならば誰でもいいってわけじゃない。家柄が釣り合うかどうか、そして性格は、年齢は、見目かたちはどうか、そもそも相手の胸中はいかに。

四姉妹のうちで「一番行ける口」なのは長女の鶴子さんだという。でも、好みの銘柄が仔細に示されているのは、なぜか雪子さんだけなのだった。彼女がいちばんうれしがるのは「バアガンディーの白葡萄酒」である。つまりフランス語でいうとブルゴーニュ地方でつくられたワインで、白ならば、ぶどうの品種はシャルドネにちがいない。

幸子さんの夫は、兵庫は蘆屋の自宅に雪子さんが来ると、そのワインを出してくれる。チーズも添えて。妻と娘を気にかけるその次に、雪子さんの縁談、妙子さんの身の振り方についてあちこちに顔をつなぎ、奔走する彼は、「雪子ちゃんのために白葡萄酒を一本提げて、与兵へ行くか」と声を上げ、女たちを盛り上げもする。この『与兵』とは神戸の鮨屋で、その店内と、工夫のある握り鮨そのものをえがくとき、谷崎の筆は爆走する。引用するとえらく長くなってしまうので、とにかく一貫目は鯛から、とだけお知らせしておきたい。

酒をやめるには

町田康『しらふで生きる』

『しらふで生きる』は、2019年の晩秋に刊行されてからかなり長いこと、少なくとも半年以上はたいていの書店で平積みになっていた。明らかに売れている様子だった。このタイトルに手を伸ばすのは、そもそも素面で生きている下戸なのか、そうあろうと方向転換をもくろむのんべえなのか、どっちなのだろうかと目にする度に思い巡らしていた。

23歳から53歳までの30年間「名うての酒飲み」として、日々、お酒を飲んできた町田康さんは、2015年末から飲酒をやめているという。

なぜやめたか。

どうやってやめたか。

やめたらどうなったか。

その三本柱が、この本の軸となっている。

読みはじめて3分の1くらいのところにこうある。「私たちはあくまでも禁酒を目指しているのであって、節酒を目指しているのではない」、ほどほど、という飲みかたはそもそも町田さんの眼中にないのだった。

べろべろにならないかぎりそれほど楽しくはない。それが町田さんの飲みかただった。酔いの楽しさの裏には二日酔いと体調不良という苦しみがある、と、繰り返し語られる。禍福は糾(あざな)える縄の如し、というわけなのだろうか。

私はあまりそうは思えない。楽しみを目一杯享受するときと絶望するときは表裏一体ではなく、それぞれは別物であると信じてこれまでやってきた。だからお酒を減らすことはしてもふっつりやめることをしないでいるのかも、とも思うものの、もしかしたら、そうやって曖昧さを許容したがることそのものがのんべえ的な思考なのかもしれない。

*

この本には、贅沢をするときの象徴として「三鞭酒(シャンパン)」が幾度か登場し、しみったれた気分には「黒霧島」が寄り添う。シャンパンについては特段銘柄は示されない。

私はクロキリに、やさぐれた心持ちに似合うお酒というイメージは持っていなかった。芋焼酎の定番であるにはちがいない。コンビニエンスストアでも買えるという入手の容易さから平凡なお酒という印象は持たれるかもしれない。紙パック入りのものが目立つところから、軽んじられるのだろうか。お酒はどうも、パッケージを軽量にすればするほど安っぽくみられてしまうものだから。

黒霧島はその名のとおり、黒麴を使って仕込んだ、宮崎を代表する芋焼酎である。発売は1999年と存外新しい銘柄、私がお酒を飲みはじめて間もなく世に出たのだと知ったときは驚いた。もっと昔から存在するような顔付きをしたラベルのせいかしらん。

芋、そして麦、あるいは黒糖焼酎という、甲類焼酎とは違って材料由来の味が分厚い乙類焼酎が流行ったのは、2000年代前半のことだった。それ以前は、飲む機会があっても味わいと匂いに抵抗をもっていたものだけれど、流行り出すとその要素に惹かれるようになった。というよりもむしろ、流行に私の味覚も染められていたような気がする。2003年、焼酎の消費量は日本酒を50年ぶりに抜いたという。

南九州で黒麴が使われるようになったのは大正時代に入ってからで、それ以前は日本酒に使われる黄麴が一般的だった。そして、戦後には白麴に移行する。黒よりも扱いやすいからだそうで、味わいは白のほうがあっさりしたものになる。
また、芋焼酎がメジャーな存在となったのは第二次世界大戦後だそう。米不足から、米焼酎をつくりにくくなったことに起因するのだという。
だから、黒霧島はあえて黒麹回帰した、復古の香りをまとった焼酎でもあったのだった。

*

『しらふで生きる』の隣に、町田さんによる、読者からの悩み相談回答集『人生パンク道場』を置いてみたい。同じタイトルでKADOKAWAの月刊PR誌に連載され、2016年2月に一冊にまとめられた。刊行された時点ではすでに町田さんはお酒をやめていたはずだが、連載中はおそらくまだ飲んでおり、読者からの「酒の隠し方を伝授してほしい」「身体を壊したが酒をやめたくない」というふたつの相談を受けている。その回答の中に『しらふで生きる』のエッセンスがあった。

私たちは特別でもなんでもない、平平凡凡たる存在。

生きるということは苦しいことである。

自己を徹底的に見つめ直すことによって、世の中と自分についての新たなる認識と知見を得て、そのことによって酒をやめる。

こう引いてみると、まるで自己啓発書にある言葉のようである。そのとおり、『しらふで生きる』で、どうやってやめたかについて綴られるページは、これらのエッセンスをより濃くたっぷりと含んでいる。正直言って、ちょっと白けてしまう。自己啓発的思考とのんべえ的マインドは相容れない。

『人生パンク道場』の回答中ではすでに、がぶがぶ飲むのをやめたいと町田さんは吐露していた。そして『しらふで生きる』では提示されていなかった、即物的なやめかたを示している。飲みたくなったらごはんを食べることにしよう、というもの。夕飯にカレーライスをおなかいっぱいになるまで食べたエピソードを挙げ「酒を飲みたいという気持ちは満腹になった途端に霧消します」と書いている。しゃちほこばらない、とぼけた軽みがある。このときの町田さんはまだのんべえだったからだろうか。

おつまみは恋を映す鏡

田辺聖子『愛の幻滅』

田辺聖子の『愛の幻滅』の主人公は、小娘時代をこえ、中年未満で独身の、眉子さん。この度、13歳年上の恋人ができた。はじめて一緒に行った料理屋で、鯛やハマチの刺身盛り合わせを前にしてその彼は「お刺身に人格があるように、尊敬のまなこでみている」のだという。眉子さんが何の気なしに燗酒を選ぶと、その注文が今この場には最もしっくりきていると「リッパ」だと賛える。そうやって、食べること飲むことをおざなりにせず、楽しみ尽くそうとする人は、眉子さんの周りにはこれまでひとりもいなかった。彼の立ち居振る舞いや言葉にも肌合いのよさを感じ、平々凡々だった眉子さんの日々は俄然うるおいを含みはじめる。

ただ、それは、彼は妻子持ち、ということを忘れていさえすればのことではある。付き合って1年。彼とふたりでいるときの気持ちに、影が差し始める。『千鳥』という名の居酒屋にて、きびきび立ち働く店員さんと、店一杯の飲み食べ喋るお客に囲まれて、焼きたての鰯にすだちを絞って、でも、明るく酔えない。日替わりメニューを記した黒板に、一箇所の誤字を見つけた眉子さんは、彼が止めるのも聞かずに店員さんにそのことを指摘する。そしてすぐ、悔やむ。そこまでの厳密さを求める場ではないのにと、決まり悪さが滲み出す。咎めるべきは、誤字ではなく、自身のこれまでの生活はなにも崩さないままに眉子さんと付き合い続ける、彼のスタンスではないのかい？

「サヨウナラ」と今夜も別れるとなると、この店も、さーっと色褪せたごとく、感じがかわってしまうのだ。

そう、『千鳥』にいくら活気があろうとも、眉子さんは、酒場そのものに救われはしないのだった。

では、小体なやきとり屋に彼女を誘う、また別の男はどうだろうか。

「寝酒でも飲みにいきませんか？」

眉子さんの2歳年下の会社の同僚「ミイちゃん」は町工場の長男坊で、いずれそこを継ぐことになるから嫁に来てほしい、と、彼女を口説く。ミイちゃんと過ごすときはただただ無心に、ビールを飲み、手羽や皮や砂ずり、付け合わせのキャベツを頬張るのみの眉子さんであった。

食べてること、飲んでることが、いちばん大切なことになり、ミイちゃんは、その主要目的を快適に、つつがなく果たすための、バックグラウンドミュージックというか、突っかい棒というか。

どちらかといえば、恋人よりもミイちゃんのほうがのんべえらしくえがかれている。たとえ夏場でも一杯目から燗酒をコップで飲(や)るし。ただ、眉子さんをぐっと引き寄せる握力の強弱となるとまた別だなあ、というのもほんとうで。

しかし、子は鎹(かすがい)、というならば、夫は突っかい棒、という諺も成り立つかもしれない、そうも思う私。

詩のある酒場

草野心平『酒味酒菜』

『いわき』『火の車』『学校』。

これらは、詩人、草野心平が営んでいた酒場の店名である。『いわき』と『火の車』を営むあいだに、生まれ故郷の福島はいわきにて貸本屋を経営していたときもあり、その屋号は『天山』という。

それも人間、これも人間。そうしてその複雑な人間性を焚火にしてお燗をする、そしてあったまる良識の世界が、居酒屋でありたいものだ。

『居酒屋でのエチケット』と題したエッセイで、草野心平は、居酒屋とは、好き勝手に飲み食いしお喋りしてかまわない場所とはいえず、居合わせた人同士が気遣い合うことが肝要だと書いている。あらたまった会食の場よりも気を付けるべきだと。酒場を経営していたからこその実感にちがいない。

飲食店に携わる人の文章はたいてい、お客に食べさせること、つまり誰かの「ために」つくることを前提に書かれがちなのだけれど、草野心平のエッセイ選集『酒味酒菜』に収められた文章は、それとは方向性が違うものも多くある。基本的には、自身がつくって食べて真にそのおいしさに感じ入ったであろうものについて清廉な貪欲さをもって書き綴る。こしらえることと食べることが等価にえがかれていて、清々しい。

開高健、柳原良平らが立ち上げたサントリーの伝説的PR誌『洋酒天国』から派生した豆本シリーズ『洋酒マメ天国』の一冊として、1968(昭和43)年に出版された、草野心平が50種類近くの材料を基にこしらえる酒肴あれこれを短文で紹介していく『わが酒菜のうた』がこのエッセイ集にはまえがきも含めてまるごと収録されている。

その中で「梅干はそのままだと酒の肴にはナマすぎる」という一文にはつくづく納得させられる。そう、しょっぱければなんでも肴になるわけではないのだった。

私がよくやるのは、梅干の肉をほぐしてわさびのすったのとまぜる。分量は半々くらいに、梅の肉とわさびをまぜて、ねっとりするくらいまでかきまぜる。梅干がすこし黄色くなるくらいまで。これはほんのちょっとつまんでたべる。

鶏皮好きの私がとりわけ惹かれたのは「ひなどりの皮を蒸してそれをせん切りにして、椎茸と晒しねぎと一緒にオリーブ油でさっといためる。味は塩味にする」というつまみ。茹でてポン酢をかけるだけでもたまらなくおいしいと思う私だけれどもちろんのことそれよりも工夫がある。工夫、というのが草野心平の料理の芯にある。本人が自認するところの料理をする上での信条は「栄養と愛と実験」だとある。

どうも、料理をすることについて、愛、という言葉が使われていると、私はつい身構えてしまう。愛、という言葉を軽々しく使うことにためらいをおぼえる古い女なので。とはいえ自分がそこに妙にこだわりがちなだけで、世の人も、そして草野心平も、逡巡なく、良質の思いやり、というくらいの気軽さで、愛、なる言葉を使っているのだろう、とは頭では理解しているものの。

その「栄養と愛と実験」のうち、営んでいた酒場のメニューにも如実にあらわれているのは「実験」にちがいない。

28歳の草野心平は1931（昭和6）年、東京は麻布十番にて、やきとり屋『いわき』をはじめた。やはり詩人である高村光太郎の妻・智恵子からもらったりんご箱を椅子代わりに屋台として開店したそのお店は1年続いた。開業前には新聞社で校正をしていた草野心平は、閉業後は出版社に入り編集と校正を担当する。再び酒場をはじめたときには、49歳になっていた。

赤提灯を掲げての『火の車』の開業は、1952（昭和27）年。場所は文京区、旧町名は田町。今だと東京ドームがすぐ傍だ。幸田文の小石川の家がご近所にあったという。14、5人も入ったらいっぱいになるくらいのお店で、開店して1年のあいだの草野心平はお店の奥の4畳半に住み込むような暮らしをしていたという。1955（昭和30）年に新宿に移転し、その翌年まで営業を続けた。

私が酒場『火の車』の存在を知ったのは25歳のとき、初めて読んだ山口瞳のエッセイ『行きつけの店』でちらっとふれられていて。店舗原寸大模型が、いわき市立草野心平記念文学館にはある。観に行くと、簡素な丸いスツール、カウンターの向こう側の食器棚、という、古めかしくもスタンダードな酒場のつくりで、今でも東京のどこかに残っていてもおかしくないように思えた。

メニューはといえば、一品一品のネーミングからしてとても凝っている。

焼酎は「鬼」、ハイボールは「泉」。日本酒は、値段の高い順で「天」「耳」「火の車」「大地」。品書きがまるごと、詩になっている。

『火の車』については、そのタイトルも『火の車板前帖』という、草野心平と一緒に立ち働いていた人の記録を読むと、お店の輪郭がぐんとくっきりする。

その人は橋本千代吉といって、草野心平と同郷で、年は21歳離れていた。橋本さんの父が草野心平と仲良くしていたという縁あって働くことになったのだという。

『火の車板前帖』には、当時のメニューについても詳細に記されている。茹でた牛タンとそのスープ、カレー粉を使った酢の物、糠(ぬか)漬けなどなど。あるいは、こんな風な品。

トマトをケチャップ風にして、牛肉を入れ炒めた心平流のボルシチが「夕焼」、牛乳でベーコンと白菜を煮て、塩、胡椒で味付けした中国料理の牛乳白菜(ニューナイパイツアイ)を「白夜」と、どこででも簡単には食べられないものを考え出した心平さんは、得意げであった。

なによりも感じ入るのは「すべて料理は一個のフライパンを使用した」というところ。十数人入れるお店で、フライパンひとつで切り盛りするふたりの手際もさぞかしよかったのだろうし、フライパンの可能性ってやっぱり無限大なのだなと思わされる。

幸田文のエッセイ『二月の味』にも、牛タンを煮た出汁を昆布出汁で割って、ほうれん草と豆腐を煮て食べるというレシピが印象的に登場している。同じ肉屋で買った牛タンだったりするのかも。

お客が求める日本酒の味について記されているところにも目がとまる。多くの人に辛口を所望されるけれど、それに応えられるような銘柄は用意できず、日本酒にちょっぴり焼酎を混ぜたとある。たしかに、キレがよくなるはずだ。酒蔵で純米酒に粕取焼酎を混ぜる、いわゆる「アル添」のお酒づくりに近いやりかたなのだから。

芳名録としては、高村光太郎はもちろん、檀一雄、青山二郎、河上徹太郎、そして吉田健一も来ていたと知ることができて、健一ファンとしてはうれしくなる。

草野心平は「人が呑んでるのを見て、自分が呑まないでいられる人ではない」。そう橋本千代吉は書いている。酒場のカウンターに立つのに最も不向きな性向であるとしかいえない。常連客の放埒な振る舞い、その渦に巻き込まれているのか巻き込んでいるのか分からなくなっている草野心平の楽しげな姿、あるいは煩悶する様子についても『火の車板前帖』には事細かに書き記されている。生家を売り払って開業資金をつくり、詩作ではそうふんだんには得られない収入を求めてはじめたお店であったけれど、傍らにこの人がいたからこそ成り立っていたのだなあとしみじみする。

火の車、との店名は酒場にはとてもしっくりくるものだ。酒場というのはずっと車輪を止めずに回していないといけないような営みだからだ。早い時間からそう高価な値段も付けられないけれど手も抜けないつまみを幾種類も仕込み、お店側が引いたラインから常にはみ出るお客を律し、などと列挙していくときりがない。飲食業の中でもトップクラスの大車輪が求められる。

草野心平に、かえるをモチーフにした詩を原稿用紙に清書するように頼まれたというエピソードもある。そのうちでの代表作はというとやっぱり「ケルルン　クック」との擬声語が印象的な『春のうた』にちがいない。そういえば、前述の文学館にて印象に残ったのは『冬眠』というタイトルの、一文字だけの詩だった。

のんべえの酷薄

上林暁『禁酒宣言』

親しくしている粕取焼酎愛好家によると、会津若松「辰泉」、そして福岡は八女「繁枡」製のものはとても粕取らしさがあっておいしいそうだ。粕取らしい、とは、夏の終わりの裏庭の端のような匂いがしてこくがある、ということだという。かなり好みの分かれるお酒だとは思う。焼酎界のくさやと言ってもいい。そういうクラシックな粕取焼酎は、水で薄めて発酵させた酒粕に籾殻を加えたものを蒸留してつくられる。1940年代後半の焼け跡小説にあらわれる、粗製濫造で悪酔いすると太鼓判を押されるお酒とはまた別物だ。だから、先に挙げた粕取焼酎を口にしても、上林暁『禁酒宣言』で描かれる酒場の情景を追体験することはできない。

上林暁の短篇集『禁酒宣言』には、表題の一作含め、戦後間もない酒場を舞台にした小説が13篇収められている。うち10篇の主人公は、武智さん、という、五十路すれすれの男やもめの小説家だ。ちくま文庫の巻末にある編者解説を読むと、彼は作者の分身、作者そのものだと分かる。

武智さんは、酒場の女将として甲斐甲斐しく店を切り盛りする彼女らに寄りかかり、甘え、飲み代を使い果たしてよれよれと帰途につく。人懐っこさの無駄使い。飽きもせず、その繰り返し。そう紹介してしまうと、未読の方々には、えらくぐだぐだした話なのかと思われるかもしれない。たしかに武智さんの飲みかたは、絡んだり泣いたりが珍しくなく、粋などとは縁遠いのだが、それも酒飲みの真実にはちがいない。そして、作中では、酒場というものに通う者の心理が潔く明かされて、のんべえはみんなはっとさせられるはずである。

中でも「粕取」をサイダーで割るという精一杯に洒落た飲みかたが登場する『春寂寥』という一篇には、そのエッセンスがぎゅっと詰まっている。

誰でもそうかも知れないが、好きな店が出来たとなると、よその店など見向きもせず、そこだけへ通い詰めるのが、私の癖である。

しかし、どんな飲み屋でも、半年も通っていると、飽きが来ますねえ。そうして、どこか新鮮な感じの店へ行きたくなって来るんです。

そうして、飲み屋から飲み屋へと移って行くんです。

武智さんの述懐はのんべえの本音である。熱しやすく冷めやすい。存外、酷薄である。のんべえはみんな、自分たちのそんな性向を重々承知している。だからこそ、いっときの止まり木に過ぎない酒場では精一杯のやさしさを見せてしまうのかもしれない。『女の懸命』と題された一篇では、男に裏切られたと自棄酒(やけ)を飲み、苦しがってげろを吐く女に、武智さんは手を差し伸べて、慰めようと喋りかける。しかし、自分の言葉が上滑りしているような気がしてならず、黙る。そこに、偽善に傾かない、のんべえならではの真心があるのだった。後からやってきた他の客が彼女にかけた言葉には、度量の大きさとほんとうの思いやりがこもっていることを認める、そういうところも。

泡盛をコーラで割って

佐木隆三『沖縄と私と娼婦』

那覇の酒場で泡盛を注文すると、まずたいてい「コーラですか、セブンアップですか」と問いかえされる。これが泡盛の銘柄であるはずはなく、つまり、何で割って飲むかという意味なのである。

佐木隆三の、本土復帰直前の沖縄をえがくルポルタージュ『沖縄と私と娼婦』にはそうあった。3年前に沖縄に旅行したとき、そういう飲まれかたは今でもされているのか確かめようときょろきょろしてみた。しかし、少なくとも、私が入った数軒の那覇の居酒屋では、なかった。メニューには、ソーダ割りさえあまり見当たらず、スタンダードなのは水割り。

コーラで割ったなら、口中で、泡盛の甘さと、清涼飲料水の甘さが互いを打ち消し合うのではと少々怯んでしまう。佐木隆三の「たいへんおいしかった」との言を信じてみようか。

戦後の沖縄では、米軍向けのお土産の品としてガラスのコップやボウルが沢山つくられており、それらはコーラやセブンアップの瓶を原料としていたという話を、吹きガラスを生業とする友人に以前聞いた。友人が、およそ30年前、那覇にあったガラス工房で修業していたとき、泡盛「瑞泉」のボトルを炉で溶かし、器として再生したのだと。今でも沖縄ではそういうやりかたが主流だ。廃瓶から新しいコップができあがるという循環は、理に適っている。『沖縄と私と娼婦』ではガラスについてはふれられていないが、地元の工芸品として「抱瓶（だちびん）」が登場する。陶製の携帯用泡盛入れで、2合くらい入るものだ。

1969（昭和44）年冬、佐木隆三は本州の中ではとりわけ沖縄の色が濃い界隈、大阪市大正区を歩く。『めんそうれ』という名の大衆食堂が目にとまる。「〃めんそうれ〃とはなにか。なんとなく、うまそうな名前なので、それに魅かれて入ってみた」あとから、沖縄では人を歓待するときにそう言う、と教えられる。彼が知らなかったのを不思議に思うが、そういえば私はいつどこで、この挨拶を知ったのだろう。佐木隆三が描いた時代の後に、沖縄＝観光という図式が出来上がるにつれて広まったのかもしれない。

『めんそうれ』は、8歳のとき両親に連れられて沖縄を出て、本州で半世紀近く暮らしてきた人がはじめた、沖縄そばや味噌汁がおいしい食堂だ。「沖縄経済の役に立ちたい」という理由から泡盛も飲ませる、とある。店主は佐木隆三に、前年に発売されたばかりの新しい銘柄「暖流」を薦める。泡盛の中でも変わり種で、ウイスキーのオーク樽で寝かせた古酒（くーす）がベースになっている。佐木隆三にとってはあまり好みの味でなかったものの、その正直な感想を店主に伝えかねたと書かれている。私は純粋なウイスキーよりもむしろ暖流のほうが好きなくらいなのだけれど。ちなみに、暖流のソーダ割りの通称は「暖ボール」。

1970（昭和45）年夏、那覇は十貫瀬（じっかんじ）のバーの、宮古島出身のマダムに、佐木隆三はこう訊かれた。

「どうですか。ヤマトにくらべて、沖縄のコは？　情が濃いでしょう？　違う？」
「情が濃いのかどうかはわからないけど、マジメであることはたしかだなあ」
「マジメ？　実（じつ）があるということね？」

佐木隆三の文章も同じく「マジメ」だ。きれいごとを並べず、露悪的にもなり過ぎず、そのために街に自分自身を投げ込むようにしている姿勢も「マジメ」だ。

*

沖縄を舞台にした24篇の食エッセイ選集『おいしい沖縄』をめくると、泡盛のその時々の立ち位置についてえがかれた作が幾つかあった。

岡本太郎は、那覇での宴会では自身ばかりが泡盛を飲んでいたと書いている。年譜をみると、1959（昭和34）年の晩秋のことらしい。

沖縄の諸君はもっぱらビールかスコッチウィスキー。しかもウィスキーをコカコーラで割って飲んでいる。俗称コクハイである。

こんなうまい土地の酒を、どうして飲まねえのかと意地になって、一人であふった。

岡本太郎は那覇の繁華街、桜坂でも泡盛を出すお店は見つけられず「場末のおでん屋か屋台みたいなところ」にはあると聞いたのみと書く。佐木隆三が行ったお店はそちらの領域に属するのだろう。

滞在中、岡本太郎が泡盛の肩を持ち続けたため「つきあっていた沖縄の人たちもだんだんつられて、しまいには「泡もりってのはなかなかいいですよ。酔心地がさっぱりしているし、こいつは翌日に残らない」と「ちょっぴり愛国心をヒレキするようになったのは愉快だった」ともある。

*

本土復帰から5年経った1977（昭和52）年、小説家の大城立裕は、ちょうど太郎が来た頃を振り返る。

十数年前までは、泡盛のことをシマーグヮー（「島もの」）という蔑称でよんだこともあるが、このごろそれはなくなった。

戦前きずかれた生産基盤が戦争で潰れたあと、それが復興するまでには、ウイスキーやビールで間にあわせてしまい、しだいに大衆の嗜好を慣れさせた。

米軍統治下では安価に入手できたウイスキー。泡盛と同じく蒸留酒だし、同じような飲みかたができる。ビールの炭酸と苦味とは、蒸留酒特有のキレのよさと重なる個性でもある。

鹿児島あたりの酒場で焼酎が当たり前のように売られているのが、私たちには不思議なくらいだ。沖縄の酒場はふつう泡盛を売らない。

こう言い切られると、1972(昭和47)年8月15日に県内57蔵の泡盛を全て揃えた居酒屋として那覇に開業した『うりずん』は特異な存在だったのだなあと感じ入る。今でもそのお店がちゃんとあることにも。

1984(昭和59)年の言語学者の中本正智によるエッセイには、沖縄の多くの人は今や「泡盛党に復帰した」とある。泡盛が、自身で飲むのも、よそから来た人に薦めるにもよい地元のお酒に立ち戻るまでには40年余りかかったことになる。ここでほっとしても、さらに40年近く経った今となっては、泡盛の酒蔵は往時からは数を減らし四十数蔵、半数以上の蔵は赤字だと知ると心穏やかではいられない。

余談ながら、大城立裕は、復帰後に那覇に増えたお店の代表格は、琉球料理、炉端焼きだと書いている。『うりずん』は前者に属する。炉端焼きは１９７０（昭和45）年に日本中で流行した。北海道は釧路あたりからはじまったスタイルなのかなあとぼんやりイメージされそうだけれどそうではなくて、１９５０（昭和25）年に開業した宮城は仙台、国分町の『郷土酒亭　元祖　炉ばた』が火付け役といわれている。その『炉ばた』は草野心平『酒味酒菜』にも行きつけの店として登場し「この間行ったときはホヤと山菜の時期だったのでいい加減満喫した」などとあって、うらやましい。

酸っぱいワイン

山田風太郎『戦中派不戦日記』

戦中日記を読みながら思うのは、燃えてしまった日記も数多あるだろうということ。山田風太郎の『戦中派不戦日記』は、彼自身と共に生き残っていた稀有な記録だ。

1945（昭和20）年、一医学生としての23歳の一年間の日記を、五十路間近になっていた山田風太郎はあらためて世に出した。きっかけのひとつは『暮しの手帖』1968（昭和43）年夏の号が、一冊まるまる「戦争中の暮しの記録」特集として発行されたことへの共感にあった。

20歳で上京し、軍需工場で働いていた山田青年。1944（昭和19）年が明けて間もなく召集されたものの、肺の病と診断されたため出征することなく、春からは東京医学専門学校（現：東京医科大学）に進学する。高須さん、という、かつての職場の上司の家に居候しつつ、医学生としての勉強を進め、本を読みまくり、なにもかも足りない生活のやりくりに腐心する。

お酒は、その暮らしの中にぽつぽつとあらわれる。たとえば4月、罹災証明書があれば飲ませてくれるという臨時酒場へ、同級生に証明書を借りて行き「ナオシ」を2杯飲む。「卓の傍に「元気出せ！」と大書せる貼紙あり」と記されている。ちなみに、「ナオシ」＝直しとは、みりんを焼酎で割ったもの。江戸時代からしばらく飲まれていたそうで、私は落語「青菜」からその存在を知った。まだ口にしてみたことはない。11月には、高須さんに、船橋では何でも売っていて「ショーチュー」もあるとの話を聞く。つまり、往時の東京では容易に手に入らなくなっていたのだ。

全体に、のんべえとして渇望してやまないという感はそれほどなくとも、飲めた日の記録にはたいてい明るさがある。手に入った量の多寡にかかわらず、独酌することはなく、周りの誰かと分け合って飲んでいる、そのせいもあるだろうか。

高須さんの縁あって数日滞在した初夏の山形、羽前大山にて「鰯で葡萄酒をのむ」という日があった。「鰯はシュンで大漁だが全然輸送ができないので、地元で食うよりほかはない由。葡萄酒は酒石酸(しゅせきさん)をとったあとのカスを酒にしたもので、ヤケにしぶい。酒石酸は水晶の代用品となり、航空機の部品に使うというがよくわからない」

　そんなワインについては、同じく1945年の内田百閒の日記にも幾度か登場する。山田青年よりもずいぶんとのんべえである百閒には、「和製なれども酒石酸抜きでないから葡萄酒らしき香味を味わいたり」という幸せな日もあった。

　山田青年の記述上では曖昧だが、ワインに含まれている酒石酸を精製して取り出した透明な結晶体「ロッシェル塩」は、潜水艦や魚雷の発する音波を探知する水中聴音機の部品に使われたのだった。山形も含む、果樹栽培の盛んな地域には「ブドウは兵器だ」という標語が掲げられていた。酒石酸を抜いた後のワインは酸敗しやすく、酸っぱくなりがちなのだが、それでも配給物資としてしれっと出回っていたそうだ。

　せっかく手に入ったワインを口にしてまで、酸っぱい顔をしないといけないなんて。そうでなくても、やりきれなさすぎる一年なのに。戦争をするということは、旨い酒どころか、なにもかもがなくなること。日常がからからになることなのだと、いやというほど知らされる、日記。

コラム

居酒屋の誕生

飲食店、という場所がどうえがかれるか、そこにリアリティはあるか、どんな作品を読むときも私はそこで立ち止まり、目を凝らす。この『BOOKSのんべえ』でも、お酒が飲まれる場所として、酒場が登場する話を数多選んだ。酒場、と一口にいっても、つい、私がこれまで最も馴染んできたスタイルのお店がえがかれているものばかりになってしまったのは否めない。肴というかおかずの種類がいろいろあって、それをつまみながら飲むお店。つまり、居酒屋。

たいてい、居酒屋では、台詞には片仮名が少なくなるし、長居しがちだ。あんまりかっこつけて飲んでいるとその場から浮いてしまう。関西的な表現をすると、しゅっとしたお酒飲みになれない、というか。居酒屋の客席では、ヒーローにも、ヒロインにもなれないともいえる。他のお客よりも目立ちたい、そんな欲をもし持ち合わせているならば、その人はまた別のかたちの酒場に行ったほうがいい。

食文化史研究家である飯野亮一さんの『居酒屋の誕生　江戸の呑みだおれ文化』をここで紹介したい。この本を書くにあたり参考文献として頼りにしてきた一冊だから。

　タイトルどおり、特段約束もなく出かけて行ってふらりと入り、見知らぬ者同士が隣り合って飲み食いするという居酒屋の輪郭を、江戸時代にはすでになぞることができる。

　そもそも、店先でお酒を飲ませる酒屋があらわれたところからはじまる。今だったら角打などと呼ばれるスタイルは、当時は「居酒（いざけ）」と名付けられた。居酒をさせる店が「居酒屋」と呼ばれるようになるのは寛延年間のことだというから、およそ270年前の話。

　大坂港から船で運ばれてくるので「下り酒」と呼ばれた清酒がそこでは飲まれた。当初は、池田、伊丹で造られるものが主で、後から灘が台頭してくる。「江戸で最も賞味された」お酒は「剣菱」とあるし、そのトレードマークは浮世絵の中にもしばしばあらわれているから、やっぱり灘らしいお酒として長く愛されているのだなあと納得しているとそれは間違いで、江戸期には剣菱の酒蔵は伊丹にあったそうで、灘に移ったのは1928（昭和3）年のことだった。

　浅草にも「隅田川諸白」「宮戸川」「都鳥」などの地酒はあったけれど、関東の日本酒が占める割合は江戸に出回る清酒全体の1割程だった。対して、ひとりでも箇便につくれるどぶろくはけっこう出回っていたらしい。

ちなみに、上方では「下り酒」をUターンさせた「富士見酒」も愛飲されていたという。

そうやって上方の日本酒、あるいはどぶろくを飲みつつつまむのは、地元の産物だった。冷蔵庫のない時代でもあるし、それ以前に、遠方から運んでくるならばそのぶんだけ高くつく。価格の安さというのが居酒屋の存在意義のひとつでもあった。

愛されたのは、なんといっても、まぐろ。なぜこれほどまでに関東ではまぐろが愛されるのか不思議に思っていたけれど、初鰹に熱狂することとの繋がりがあったのだとこの本を読んで分かる。「まぐろはかつおと同じ赤身の魚」、たしかにそうだ。「江戸っ子は大金を払ってでも競って初がつおを買い求めて刺身にして食べていた。そのかつおとまぐろの刺身だけを扱う「刺身屋」が江戸には多数出現している」とあり、その「刺身屋」は「今世、江戸にありて京坂にこれなき生業」とも。とはいえ、居酒屋は日本全国津々浦々に広まり、今も数多存在している。

今に共通する部分が思いの外多い江戸時代の居酒屋だけれど、当時なかったものといえば、お通しという慣習。飯野さんが推察するに、お通しは1935（昭和10）年頃から出されるようになったらしい。

お酒運は如何なるか？

内田百閒『百鬼園戦後日記』

1944（昭和19）年11月1日から1945（昭和20）年8月21日までの戦中日記『東京焼盡』から続けて、お酒をどれだけどう飲んだか、おいしかったかそうでもないか、その入手先などを百閒はまめに日記につけている。お酒は百閒にとって嗜好品ではなくて必需品だからだろうか。それとも、嗜好品がない生活など唾棄すべきものだという信念があるゆえに、そう日記につけ続けるのだろうか。

ちくま文庫版の『百鬼園戦後日記』に収録されているのは、1945年8月22日から1947（昭和22）年5月31日までの日々のおぼえがきだ。戦中、疎開せずに東京にとどまり続けた百閒と、飾職人の娘で元芸者の、内縁の妻のこひ、ふたりの住まいは空襲で焼失した。なので仕方なく隣家の敷地内にある3畳の掘立小屋で暮らしている。煮炊きは小屋の裏の七輪で、トイレにはトタンの囲いのみで屋根もない。電気も通っていない。ようやく持ち出せた身の回りのものが置かれた様子を想像するまでもなく、さぞや窮屈だったろう。その中で、百閒は眠り、日記をつけ、飲み食いをする。小屋にはひっきりなしに誰かしらが訪ねてくる。電話が通じず、郵便ではいつ開封してもらえるか見当が付けづらいとなれば当然のことだろう。賑やかでうらやましいような気もしつつ、百閒がしばしば、自分なりの予定が立てづらいと不平を日記に書き付けるのにも頷ける。会いたい人にだけ、ちょうどいいタイミングに来てもらうことは、いつだって無理な相談なのだ。

*

1945年8月28日、「沢の鶴」を百閒は飲む。百閒が法政大学航空研究会の会長をしていた折にローマまで飛ばせたことのある会員が、ビール瓶に詰めてくれたもの。9月1日には「白鶴」を飲んでいる。他にも「月桂冠」「日本盛」「菊正宗」「爛漫」、今もある日本酒の銘柄が『百鬼園戦後日記』にはあれこれ登場する。

9月18日には、こひが酒屋で「酒石酸抜きの生葡萄酒を麦酒罎に一本」入手してくる。

戦中につくられたそういうタイプのワインについては、山田風太郎『戦中派不戦日記』のページにも登場するのでそちらも参照されたい。さらに「こひ葡萄酒杯を二つ買って来た。明治屋のストックなる由なり、一つ五円也」。ありあわせのものでなく、そのお酒のためにつくられた酒器で飲めるようになる、それは日常への偉大なる一歩だなと感じ入る。10月には、漱石の息子さんの夏目伸六に原稿用紙を300枚もらったり、メガネを新調したりとの記録もあり、お酒以外のものからも日常が戻ってくるのが分かる。

そうはいっても、晩秋にはお酒が全く手に入らず、ひと月以上飲まない日々が続いたりする。

今年今月のお酒の運は如何なるか。この頃はほしいと思っても思う丈無駄であり、一切世間まかせにて丸で見当がつかぬ。

1946（昭和21）年1月4日の日記にはそう記されている。同年2月末日には「今月は実にお酒運が悪かった」とくよくよしている。食べものの調達事情は終戦間際よりもずいぶんましになったが、こちらはそうもいかないと。

年明け早々、新潮社と、原稿400字につきお酒1合という物々交換の約束をしたりしている。安いのか高いのか、ちょうどいいのか。日記を追っていくと、3月に2000字ぶんの5合を受け取ったとある。お酒との物々交換は1升までで、それ以上は現金で原稿料を支払うともある。新潮社が手配してくれたお酒は合成酒だというから、ならばお金でもらったほうがいいような、せっかくならもっといいお酒と引き換えたいものだと、読んでいるこちらもなんだか欲が出てくる。

3月に入るとお酒運は急上昇、4月8日には余裕を持ってこう記す。

さてこの頃の麦酒運お酒運甚だ良し。少少お金が追っつかない位になった。一月前の三月八日から今日迄の計算をして見た。麦酒三十七本、外に小宮さんによばれたのと町内羽根の千柳で飲んだのと九本、お酒は五升四合也。

同じ頃、百閒は、還暦という節目に、全集を出す話を出版社とまとめようとする。このとき56歳の百閒は、数年先のことを考えている。お酒運の浮き沈みはあれど、明るく未来を見つめることのできる世の中になった。ほんとうに戦争は終わったのだ。

初夏には、出自のあやしい日本酒にメチルアルコールが混じっていないか気にしつつも飲んでしまったり、秋口には「申し分なき秋日和なり。然るに今日もお酒が無いので好い時候が無駄の様なり」なんて日もある。そんな中、9月には食随筆集『御馳走帖』を刊行した。

晩秋には、座談会の帰りに泥酔して尾張町で転倒し、顔を怪我した。翌1947年2月には飲みに出て、銀座のバー『ルパン』を皮切りに5軒はしごをし、またもや酔って転び、うっかり鼻風邪をひく。そうやって、無防備なのんべえでいられることそのものが、平和のしるしのように思える。

とはいえ、百閒は選り好みをきっちりするタイプののんべえでもある。

焼酎は、ないよりはましな、気持ちが浮き立たないアルコールとしてとことん素っ気なく「焼酎をなめる」「焼酎にてすます」などと記録されている。ウイスキーも、飲む場面はうれしそうだけれどそののち悪酔いしたという恨み節が書かれている場合も多々あり、百閒は蒸留酒があまり得意でないんだなと思うなど。

ビールについては、飲みたい頃合いにぴったりしているか否かというところに百閒はこだわる。日本酒については虚心坦懐にすっすっと飲んでしまう場面ばかりだから、度数どうこうではなくて、炭酸でおなかがいっぱいになるせいもあるだろうか。

＊

今、たやすく手に取ることのできる、中公文庫版の『御馳走帖』は百閒没後の増補改訂版で、作品は時系列に並べられている。

めくってみると、1921（大正10）年、32歳の百閒は「酒は月桂冠の壜詰、麦酒は恵比須麦酒である。銀座辺りで飲ませる独逸麦酒をうまいと思った事もなく、麒麟麦酒には味があって常用に適しない」と書いているけれど、どの銘柄を選ぶかというこだわりは、ことにビールにおいては戦中戦後のおよそ7年のあいだは全く無意味となってしまっていた。

1943（昭和18）年、瓶ビールのラベルからエビスやサッポロという銘柄はなくなり「麦酒」の二文字に統一された。瓶もそれ以前には各社オリジナルのものをつくっていたのだけれども、ひとつのかたちに統一され、回収されて繰り返し使われるようになった。1949（昭和24）年末までその状況が続いた。百閒のこの頃の日記にただ「麦酒」とあるのはそのせいだったのかしらん。

嗜好品らしさが失われた酒瓶はわびしい、しかし、ある種、ビールならなんでもいいや、という、もはや古い人間の言葉として括られる、とりあえずビール、の精神に通ずるのかもとも思う。

百閒がビールの味に惹きつけられはじめたのは18歳の頃。

ぐいぐいとは飲めないのに頑張って飲んだ思い出話の中に小ぶりの瓶の「ミュンヘンビール」が登場する。１９１０（明治43）１月に大日本麦酒がその名どおりのビールを発売しているからきっとそれだろう。また、友達と、地元岡山の銘菓「大手饅頭」をつまみつつビールを飲んだ、と『御馳走帖』にはある。

饅頭で麦酒を飲むのはをかしくても、今でもお酒の後の麦酒に大手饅頭なら時時やらない事もない。

百閒が夢に幾度も見ており、『百鬼園戦後日記』の１９４６年2月27日の口記にも登場する大手饅頭は、こしあんがごく薄い白色の皮をまとっていて、その皮からはお酒が香る、小ぶりの薄皮酒饅頭である。箱に封入されていた栞には、生地には甘酒を使うとあった。タイトルもそのまま『大手饅頭』なる一篇を読み返してみると、その皮の香りや味わいについては特段言及されていなかったけれど、百閒がこのお菓子に格別の愛着を抱いていたのはそれゆえでは。

なぜなら、盃に注いだお酒よりも、酒饅頭のほうが、蔵そのものを思い出させる香りを放っているから。

百閒の生家は3代続いた日本酒の酒蔵だった。百閒が16歳のとき父が没し、たたまれた。その蔵から旭川を渡って行ったところに大手饅頭のお店はある。大手饅頭は、お酒の香りによって、百閒の幼時の記憶と緊密に結びついているように推察されるのだけれど、真相はいかに。

底抜けに美しい酔い

吉田健一『東京の昔』

「プルーストはその頃死んでから十年たったかたたないかの人間」だったとき、昭和初期の「生活が楽で暇があった」東京での春夏秋冬を、飲みながらぐるりと巡る物語だ。静かな明るさがある。声高でない反戦小説でもある。

発表されたのは1973（昭和48）年、吉田健一は60歳をこえたばかり。えがかれている時代どおりに吉田健一自身の年齢を巻き戻すと、20歳を過ぎたあたり。主な登場人物の中では最も年若い「古木君」に近いだろう。古木君は、帝大で仏文学を専攻していて、渡仏の機会を待ち焦がれている。彼と語り手とのやりとりの中に、前述のマルセル・プルーストが出てくる。

登場人物はそう多くはない小説である。本郷にあるおでん屋に集う、古木君、自転車屋の若主人「勘さん」、そして物語の語り手でありおそらく40歳前後の、悠々とその日を暮らす男性、その3人の男たちが主軸となる。

このおでん屋が、素晴らしい。

明かりは仄暗く、土間に小さなテーブルが何台か並べられている。冬場でもストーブなどは置かれていない。

客は酒とおでんで温ることになっていて事実それで飲んでいるうちに温くなったのだから冬の気分が薄暗い電燈の明りとともにゆっくり味えた。それは鍋から昇る湯気と匂いにも漂っていていてその頃は冬というものそれ自体に匂いも手触りもあると思っていたものだった。

「酒」はいつも熱燗で、辛口であると念を押されるも、銘柄は特段明記されてはいない。

酔うよりも先にその熱いのと酒が強烈なので却って暫くのうちは改めて目が覚める思いをする按配だった。

ご近所の顔見知り、というくらいの間柄だった勘さんと語り手がおでん屋で出くわした晩、勘さんの忠告をよそに語り手は、お銚子を卓上に10本並べてみせると豪語し、ほぼ無事に遂行。ふたりはそれから二軒はしご酒をして朝帰りをする。『東京の昔』もまた一種ののんべえのためのファンタジーだと思うのは、それでも乱れも崩れもしないから。他にもお酒の場面は入れ替わり立ち替わり、銀座でウイスキーティー、横浜でブルゴーニュのワインなど、どこでも、なにを飲んでも、酔いはいつもいいものとしてえがかれているから。みんな、強いのだと、うらやましくなるが、当時の若さゆえもあると二、三度繰り返し書かれていて、そんな風に、いくらでも飲めて爽快だった晩は私の身の上にもいつかたしかにあったはず、と、記憶が引き出される。

そうやっていろいろなお酒の場が立ち現れても、いつも3人は、渋くて、がんもには煎った銀杏が入っているなど、種がよそとは一味違うおでん屋に帰っていく。暗黙のうちに集合場所と了解されている。そこで酒卓を囲んで、時代という概念について、外国に渡ることの意味について、話し合う。そういうお店を、真の行きつけの店というのだろうな。

物語が序破急の破くらいまで進んでから、あらためて、そのおでん屋の『甚兵衛』という屋号が紹介される。店名の字面が厳ついなと思う。『甚兵衛』の酒器も同じくそういう姿をしているらしい。厳ついお銚子、というのはどういうものなんだろう。肩が張っていたり、手触りがざらざらしていたりするのかしらん。もちろんサイズは大ぶりなのだろう。今『東京の昔』が最も手軽に読めるちくま学芸文庫版のカバー写真にある、すんなりしたシルエットでつるりとした磁器の一合徳利のイメージは『甚兵衛』のものではなく、語り手の下宿先での、ちょっと心浮き立つ夕飯のときに一本だけ添えられるというもののほうに寄り添っているのだろうなと思われされる。

酒器といえば、語り手は古木君とふたりで晩秋に『甚兵衛』にいるとき、その厳ついお銚子を前にして、フランスで飲んだワインを思い出していた。「カフェで定食を頼むとただで出すその年に出来た安葡萄酒がガラスの酒注ぎに入っている」、その描写にある「ガラスの酒注ぎ」＝カラフェと、厳ついお銚子のイメージをそっと重ねてみたい。

寒夜、カストリ、しじみ汁

梅崎春生『蜆』

寒夜の省線電車中、飲んだ帰りとはいえもう体が冷えつつある「僕」は、隣に座った見知らぬ「男」に、つい、身を寄せた。「男」が着ている黒色のコートは、ずいぶん古そうではあっても柔らかな肌触りで、祖父が狩った鹿の骨でつくった大きな六角形のボタンが6つ付いているというから、立派なものだ。

「僕」は「男」の吐く息にもお酒の匂いを嗅ぎ取る。お互い、酔っているせいもあるのか、言葉を交しはじめる。「僕」がカストリ焼酎を飲んできたと言うと、この日失業したばかりという「男」はこう返す。

「清酒を飲まずに代用焼酎で我慢しようという精神は悪い精神だ。止したが良かろう」

そう聞いた「僕」は、「男」の吐息に清酒の匂いを感じる。果たして、呼気から、なにを飲んだのかまで推測できるものかなあ。

とはいえ「飲むものはインチキでも酔いは本物だからな。お前は何か勘違いしてるよ」と「僕」は反駁するも、「男」は折れない。「で、お前は何で粕取など飲んだんだ」

なんで？

カストリ焼酎を飲む場面が頻出する闇市小説を普段から読み漁っているもので、特段疑問に思わなかった私だが、あらためて問われてしまうと、こちらの感覚のほうがずれているのかもしれないと、一抹の不安を覚える。

上林暁『禁酒宣言』のページで、日本酒の酒粕からつくられる粕取焼酎と、戦後の徒花である同名のものは別物であると書いた。もちろん、今回取り上げる、梅崎春生『蜆』に登場するのは後者である。七輪や中華鍋を組み合わせてこしらえた簡便な蒸留機で、素人でもすぐにつくってその日のうちに飲める、急ごしらえのお酒。闇市の酒場では、一升瓶から、小皿の上に載せたコップに直に注がれる。1946（昭和21）年の秋から流行りはじめたそうだ。『蜆』が発表されたのはそれからおよそ1年後のことだ。

電車内でのやりとりの中、「男」は大事に着ていたはずのコートをなぜか「僕」に譲り渡す。しかし後日、それをまとっているから寒くても大丈夫だというのんべえの安直な心根から酔いつぶれ、渋谷駅のベンチで寝ている「僕」をたまたま見つけた「男」は、「僕」の体からコートを剝ぎ取る。そもそもは彼の持ち物だから、と、「僕」は抵抗しなかった。彼らふたりに次ぐ第三の主人公といえるほどに、このコートの存在感は大きい。

またもや再会したとき、そのコートをまとった「男」は、千葉は船橋で仕入れたしじみを闇市で売りさばき、明日の糧とする生活に入ったのだと「僕」に打ち明ける。ちなみに、東京の闇市に出回る魚介類の仕入先の筆頭が、船橋なのだった。

その夜、僕等は飲屋で先刻の蜆を出して味噌汁を作って貰い、それを肴に粕取焼酎を痛飲した。

「痛飲」という言葉が真に胸に迫る。そう、「男」もカストリ焼酎を一緒に飲んだのだ。そして、しじみ汁は、しじみと味噌と水があればつくれる。鰹節やいりこで出汁を取らなくても滋味が溢れる汁物ができるのだから、満足に材料が揃わない状況でも大丈夫、温かな汁を啜って、ほっとできる。

のんべえ放浪記

林芙美子『放浪記』

林芙美子『放浪記』は彼女の出世作であって、東京で20歳そこそこの女の子がひとりで暮らしていく浮き沈みの記録でもある。大正末の世情の写生としても白眉だ。

浅草は酒を呑むによいところ。
浅草は酒にさめてもよいところだ。

それはほんとうに「よいところ」にちがいない。浅草をしばしば歩き回り、なにかしら食べたり飲んだりしている、背が低く丸顔で近眼の林芙美子の姿を空想すると、こちらもうれしくなってくる。

『放浪記』を私は『森まゆみと読む　林芙美子「放浪記」』で、現行の新潮文庫版よりも先に読んだ。森まゆみ版では１９３０（昭和５）年に発表された改造社版の第１部がまるごと読める。新潮文庫版との細かな差異が多いこと、つまり、いかに林芙美子が後から改稿を加えたかについてが分析されていて、すごく面白い。それを前提に読み比べてみると、お酒にまつわる描写だけ拾ってみても、随所随所に手を入れているのが分かる。

たとえば、前述の浅草行きでは「長い事クリームを塗らない顔は瀬戸物のやうに固くつて安酒に酔つた私は誰もおそろしいものがない。テへ！　一人の酔ひどれ女でござんす」と、のんべえとしてやさぐれつつおどけてみせているが、新潮文庫版では「ああ一人の酔いどれ女でございます」と、やけにしおらしくなっている。

また、新宿のカフェーで女給をしていたとき、夜明けに仕事を終えて、屋台で「おでんを肴に、寝しなの濁り酒を楽しんだ」というくだりは、新潮文庫版では「おでんを肴に、酒を一本つけて貰った」とされていて、「濁り酒」の一言から得られるざらっとした手触りが消え去ってしまっている。

１９４９（昭和24）年に世に出た第3部では、生田春月の訳したハイネの詩を読んで「ホンヤクと云う事は飯を煮なおして、焼飯にする事かな」と考えてみるくだりがある。

林芙美子自身も、20年以上前の自身の日記は冷飯のように感じられ、温め返して油も具も足さなきゃという気持ちを抑えきれなかったのか。そもそも、勤める店こそ違えど女給をしていた時代を共有した、親友でもあった平林たい子が、『放浪記』はフィクションも少なくないと認めている。

推敲を重ねて澄んでいく文章ももちろんあるけれど、林芙美子の場合は、読み物としての娯楽度を高めようというよりは、理想の自分の姿をえがこうとして手を入れているようで、比較してみたときの落差が大きい。

*

19歳になる年、林芙美子は明治大学に通う恋人を追って尾道から上京した。しかし先方の親の反対にあい、1年後に彼は因島の実家に帰ってしまう。それから半年経ち、関東大震災の直後、林芙美子は、電信柱に貼ってあった新聞記事を見た。

灘の酒造家よりの、お取引先に限り、酒荷船で大阪まで無料にてお乗せいたします。
定員五十名。

酒荷船とはなんだろう。

日本酒の産地として灘以前に栄えた、大阪は伊丹、池田のお酒が海路で江戸に運ばれはじめたのは17世紀前半のことで、それ以前は陸路で運送されていた。1730（享保15）年に、酒荷専用の樽廻船問屋が結成される。それからずいぶん時代は移っていたけれど、関東大震災からしばらく後は陸路が途切れ、被害がなかった地域と東京を結ぶ海路の重要性はいや増していた。

特段、灘にも酒屋にも縁はありはしなかった林芙美子である。しかしお金も満足に持ち合わせていないもので、大阪からなら尾道が近いという思いつきが彼女を動かす。尾道にはすでに家もなく、むしろ、借金だらけなので行くんじゃないと父母に言い聞かせられているはずなのに。

林芙美子は、下宿を引き払って荷物をまとめ、馬車に乗って芝浦の船着場まで出て、知り合いの酒屋に記事を見せてもらったのだと言い張って、混乱に乗じて船出する。物怖じせず、押しが強い。その場面で、この「灘の酒造家」とは「富久娘」であると分かる。乗り込んだおよそ70人のうち、女性は林芙美子含めて3人だったそう。しかし身なりからして豊かな様子の他のふたりとは言葉を交わすこともなく、船上では「いつも古い酒樽の上に腰掛けてゐる」。とはいえつまらないことばかりでもなく、朝食後、焼きたてのビスケットを「両の袂にいっぱい」もらったりして、その風景は明るい。ひとりでいる彼女を見兼ねてか親切にしてくれた、四十路を超えたくらいの料理人は、神戸に家があって普段は外国航路のコックをしているという。彼は乗船したわけを「一度東京の震災を見たいと思ひましてね」と話しているのが印象深い。当時もそんな人は沢山いたのだろうか。

無事に尾道に着いた後に再び東京へ戻り、主にそこからの数年間が『放浪記』には綴られているのだった。

＊

年譜をみると『放浪記』時代には男性と同棲しては別れることを繰り返していたのだが、一緒にいる甘やかさよりも断然、もめたとき、そして別れた後の辛さと憎らしさが切々と書き綴られている。

たとえば、干支一回りくらい歳が上の俳優とつきあっていたとき。

「十五銭で接吻(せつぷん)しておくれよ！」

と、酒場で駄々をこねたのも胸に残つてゐる。

男なんてくだらない。
蹴散らして、踏たくつてやりたい怒に燃えて、ウヰスキーも日本酒もちやんぽんに呑み散らした、私の情けない姿が、かうして静かに雨の音を聞きながら、床の中にゐると、いぢらしく、憂鬱（さびしく）浮かんで来る。

そんなわけで二日酔いのまま、5月の雨の中、下宿の井戸端に出て、なけなしのお米を研ぐ。その研ぎ汁の美しさといったらない。

只一筋にそつとはけて行く白い水の手ざはりを楽しんだ。

林芙美子の日常の基調は、居場所の定まらなさとお金のなさに途方に暮れて、慌ただしくうらぶれたものであるには違いないのだけれど、その生活の中にあるみずみずしいいっときを彼女は逃さない。
新宿のカフェー『つるや』にて、「ゆみちゃん」との源氏名で、林芙美子がエプロンをつけて住み込みで働いていたのは1925（大正14）年のことだという。私は『放浪記』の中でも、その頃の日記がすごく好きだ。20代半ばに働いていた喫茶店のウェイトレス仲間との、ゆるい連帯を思い出すから。同世代で境遇の似通った女だけでいるときの、余計な媚びのなさ、フリルの付いていない情を。そう、女友達の姿をえがくときのほうが断然、林芙美子のペンにはやさしさが宿っている。たとえば、秋田、鹿児島、千葉、樺太からと、カフェーの同僚たちは遠方から東京へ流れ着いた根無し草ばかりというのも仲間意識を醸成しただろう。そして「東京での生活線なんてよく切れたがるもんだ」という林芙美子の述懐には共感するしかない。

カフェーのお客を相手取っての武勇伝も幾つか披露され、それは痛快である。

その頃名高かった、スコットランドのウイスキー「キング・オブ・キングス」を10杯飲めるかどうか賭けようとお客にけしかけられて「『何でもない事だ！』私はあさましい姿を白々と電気の下に洒して、そのウヰスキーを十杯けろりと呑み干した」。お客がそそくさと帰った後に酔いが回り、窓を開けて島崎藤村の詩をそらんじる。

また別の日には、始発電車が出てからやってきた「銀流しみたいな男」に瓶ビールをお酌する。

厭にトゲトゲと天井ばかりみてゐた男は、その一杯のビールをグイと呑み干すと、いかにも空々しく、

「何だ！　ゑびすか、気に喰はねえ」
捨ぜりふを残すと、いかにもあつさりと、霧の濃い舗道へ出てしまつた。唖然とした私は、急にムカムカとすると、のこりのビールびんをさげて、その男の後を追つた。
銀行の横を曲らうとしたその男の黒い影へ私は思ひ切りビールびんをハッシと投げつけた。

エビスビール以外のどの銘柄だったら満足して帰ってくれたのだろう。それとも、どっちみち、けちをつけてからお店を飛び出す算段をしていたのか。全くもって、お酒を飲ませる側として働くことは、楽でない。

芝居じみた眼をして、心あり気に睨んでいる男の顔の前で、私はおばけの真似でもしてみせてやりたいと思う。……どんな真実そうな顔をしていたって、酒場の男の感傷は生ビールよりはかないのですからね。

＊

内田百閒のエッセイに、『放浪記』以後の林芙美子が登場しているのを見つけた。これもまた、「八幡丸」という、日本郵船の客船の船上での話である。

百閒は少なくとも2作にそのときのことを書いている。実際の出来事のすぐあと、『婦人接待係』と題したごく短いエッセイに、そして20年以上経ってから再び『虎を描いて』という題で。前者の描写はごくあっさりしているけれど、後者は情景描写も細かく、そしてしんみりとしている。

そのとき初めて向き合った林芙美子の印象を「物静かな人柄にお見受けした」と百閒は書いている。

ちなみに、その頃の百閒は50歳をこえて間もなく、林芙美子は30代後半と、ふたりは干支一回りと少しばかり歳が離れていた。百閒は当時、日本郵船の嘱託の文書顧問をしており、いわば自身の領域に招かれたお客である林芙美子をもてなさなければと、ビールを切らさないようにとの段取りで頭がいっぱいだった。そういった状況が百閒を焦らせ、気持ちが前のめりになっていたのかもしれない。

「林さんはお酒を召し上がるのでしょう」

「いただきますけれど、少しばかり」

「おや、おかしいな。かねて女流の酒客として雷名をとどろかして居られる様に聞きましたが」

「そんな事はありません。いただきますけれど、少しばかり。そんなには戴きません」

結局、その言葉どおり「林さんとの間にお酒の花が咲かなかった」と百閒は落胆する。初対面の婦人に、のっけからそう云う事を尋ねて、相手が、はい、いくらでも戴きますなどと云う筈がない。


たしかに『放浪記』を読めば鯨飲ぶりが期待される。とはいえ百閒と会ったこのときからもう10年も前に、林芙美子は『続放浪記』刊行時の述懐としてこう書いている。「世に知れている私と云うものは、ふてぶてしくあるかも知れない。酒呑みのようにきこえているかも知れない」「酒をのむことで気持ちを誤魔化していられるうちは楽だけれども、いまはそんなもので誤魔化しきれなくなってしまいました」、そういうキャラクター、として世に知られているとは当人も承知していても、はなからそれをなぞるような振る舞いを求められたなら、やっぱり鼻白むに違いない。そんな心の機微を分かろうとしなかった、と、やりとりから二十数年を経ても、百閒は反省している。いや、むしろ、時間が流れたからこそ、ああ、無神経だったなあと振り返ることができるのかな。

猫が飲んだビール

夏目漱石『吾輩は猫である』

猫小説、文明開化小説、恋愛談義小説、胃弱小説と、夏目漱石『吾輩は猫である』はいろいろな角度から読むことができて、そこが面白い。比較的胃弱の私にとっては、物語の中心人物である苦沙弥先生の、それゆえの苦労には、読み返す度に共感せざるを得ない。

年明け、苦沙弥先生は日記にこうつける。

神田の某亭で晩餐を食う。久し振りで正宗を二三杯飲んだら、今朝は胃の具合が大変いい。胃弱には晩酌が一番だと思う。タカジヤスターゼは無論いかん。誰が何と云っても駄目だ。どうしたって利かないものは利かないのだ。

昨夜寒月と傾けた三杯の正宗は慥かに利目がある。これからは毎晩二三杯ずつ飲む事にしよう。

『猫』とほぼ時を同じくして発表された村井弦斎の『酒道楽』にも「正宗」は登場する。当時流行った「○○正宗」という銘柄の日本酒一般を指していると思われる。尖った日本酒ファンに支持されている「白隠正宗」はもちろん、「正宗」を名乗るお酒は今日も数多ある。ついでにいうと「タカジヤスターゼ」とは実在した胃薬の名称である。

漱石自身、胃弱である上に、お酒は強くなかった。全く飲めなくはなかったようだけれど。自身を重ねたと思しき苦沙弥先生も、お酒はすごく弱いという設定である。弱いのにかつて学友のみりんを盗み飲みしたら顔が真っ赤になって早晩ばれたという騒動を、旧友に蒸し返されてからかわれたりしている。

先生、と呼ばれるのは、中学校で英語を教えているから。その元生徒、元同級生、友人、姪らが入れ替わり立ち替わり苦沙弥先生の家を訪れる。彼らとの洒脱かつ愉快なやりとりをこちらに伝えるのが、主人公である「猫」である。皆さんご存知のとおり、名前はない、拾われた猫。

　前に読んでから間が空いて、私は苦沙弥先生の年齢を追い越してしまった。そのことを鑑みつつ読むと、苦沙弥先生の挙動は、妻子のある30代半ばの男性にしてはずいぶんじじむさく感じられる。あくまでも今の感覚で読んでいるからかもしれない。さりながら、作中でも、偏屈、頑固と、周りの人々からは評されている。でも、嘘がないところを慕う訪問客が絶えることはない。

　胃痛に効きそうなことをあれこれ試してみてはやめることを繰り返している苦沙弥先生だから、晩酌も続かないかなという予想に反し、半年以上経った初秋の、銭湯から上がってきてすぐの夕餉の場面で、日本酒を飲んでいた。

「豚と芋のにころばし」をつまみに、もっと上等な肴を出して欲しいようなことを妻に言いながら、苦沙弥先生はお酒を飲む。

「平生なら猪口に二杯ときめているのを、もう四杯飲んだ。二杯でも随分赤くなるところを倍飲んだのだから顔が焼火箸の様にほてって、さも苦しそうだ」、と、お膳の傍に座った猫は観察する。「なに苦しくってもこれから少し稽古するんだ。大町桂月が飲めと云った」、先生はそう強がってみせるものの、妻にこうすげなく返される。

「馬鹿を仰しゃい。桂月だって、梅月だって、苦しい思をして酒を飲めなんて、余計な事ですわ」

*

日本酒に対しては積極的な姿勢を見せる苦沙弥先生でも、『猫』が発表された時点ではまだ新味のある飲みものだったビールには冷たい。シャンパンも会話の中に登場するけれど、実際に飲まれる場面はなかった。

物語の終盤に登場するビールは、あまりにも苦い印象を残す。

来客が手土産に持参した、近所の酒屋で買った瓶ビール4本。瓶は縄でくくって手に提げてきたもよう。持ってきた当人がいちばん機嫌よく飲み、彼らが帰った後、飲み残しがそのままにされていたところに猫がやってくる。

月夜と思われて窓から影がさす。コップが盆の上に三つ並んで、その二つに茶色の水が半分程たまっている。硝子（ガラス）の中のものは湯でも冷たい気がする。

冒険心を起こして猫はビールを飲む。おいしいとは感じられないのに飲み干してしまう。

次第にからだが暖かになる。眼のふちがぽうっとする。耳がほてる。歌がうたいたくなる。猫じゃ猫じゃが踊りたくなる。

苦沙弥先生の体感以上に仔細に酔いがえがかれる。そして猫は、文字通り、我を失う。漱石にとって酔いとはなにかというと、その苦しさばかりが印象に刻まれていたのかと思う。のんべえが猫というキャラクターを動かしていたら、また別の結末を迎えさせたのでは、とも。

『猫』の第1話が発表された明治後期には、東京ではエビスビールがよく飲まれていたそうだ。『猫』を完結させてから『草枕』の次に発表した『二百十日』にはエビスが登場しているから、猫が舐め尽くしてしまった飲み残しのビールもエビスかもしれない。

燗酒とネルドリップ

堀江敏幸『いつか王子駅で』

フルーツ牛乳を幾種類も飲み比べる仕事をした。嘘っぽい味のものばかりなのではとたかをくくっていたのだけれど、思いの外、果物の香りと牛乳のおいしさが溶け合っているものが多かった。

『いつか王子駅で』の冒頭は銭湯の場面で、フルーツ牛乳を「薄いバリウムもどきの液体」「いったいなぜこの飲み物に牛乳の名が付されているのかは理解できなかった」、そう語り手の「私」がくさすくだりがある。読み返すうちに、知らず知らずその描写に影響されていたのかもしれない。

「私」がその清涼飲料水を飲み終えると、場面は『かおり』という小体な居酒屋にすっと移動する。紫色の看板が目印の、カウンター席だけのお店で、東京に残る唯一の都電、荒川線の線路沿いにある。

れっきとした居酒屋なれども、ここの名物として真っ先に紹介される飲みものはお酒ではなくて、女将が、注文を受けてから一杯ずつ淹れるコーヒーである。しかもネルドリップ式で。

「二重瞼の大きな黒い瞳のうえにひろがるいまどきめずらしい富士額」で、体の線は「肉付きのいい鶴」にたとえられる女将がひとりできりもりしている。2代目として雇われているという彼女は「たまに寄っていただけるだけでうちはじゅうぶんなんですよ」などとお客に言いもする。お燗もつけて、定食も支度し、前述のようにコーヒーも『かおり』を開業した大女将に習ったとおりに淹れて、と、彼女が担う業務を列挙していくともう汗水(あせみず)漬くになるにちがいないのだけれど、あくまでも焦らず騒がず、おっとりとお客に接している女将さん。きわめつけは「年齢不詳」。女将さんという存在の、世の中にあるイメージを具現化したような存在である。

物語の語り手、年の頃は30代半ばと思しき男性である「私」は、『かおり』の近所でひとり暮らしをしている。通いはじめてまだ半年だが、常連同士で出かけたりするくらい、このお店に馴染んでいる。心地よさのあまりお酒を過ごし、カウンターでついうとうとしたこともある。厳しい酒場なら、もう帰って下さい、と告げられるはずだと、読んでいるこちらがひやひやする。

『いつか王子駅で』では、「私」が、王子に越してきてから半年経った春からさらに半年後の秋までの日常がえがかれる。仕事はあれども「変則的な暮らしをしていて昼間からぶらぶら散歩ばかりしていた」と述懐される。その日々に充足しているわけでもなくて、かつてなりたかったものを思い出したり、自身には他者を思いやる心の余裕、いわば「のりしろ」が欠けているとうつむいたり、気持ちはやや沈みがちだ。

王子は、かなりの渋好みの彼の趣味嗜好に合致した街である。古米を好み、古書店に通い、部屋に黒電話を置いて愛玩する。この街の昔を知る人に嫉妬したりもする。

ただ、食べものの好みはそう渋くもない。

『かおり』のメニューの中で「私」が最も好きだというのは白和えでもなければきんぴらでもなく、お刺身でもなくて、湯気の立つ脂っこい一品だ。

「秋茄子に縦の切れ目を入れ、そこにモッツァレラチーズと厚手のベーコンとトマトの輪切りを一枚挟み、衣で包んで揚げる」。ラザニアっぽさがあり、肝心なのは「ベーコンはパックのものじゃなく肉屋で固まりを買ってきて自分でスライスするとか、安物のとろけるチーズなんて使わずにしっかりしたモッツァレラを使うこと」だそう。

＊

『かおり』の店名の由来でもある競走馬「タカエノカオリ」が大活躍した１９７４（昭和49）年のレースを少年期の記憶として、１９９３年の米不足をつい数年前の出来事として「私」が語っているところからすると、時代は１９９０年代末あたりと察される。

その頃は、燗酒も、コーヒーを淹れるのにネルフィルターを使うことも、すでに古めかしいスタイルとなっていたはず。そもそも、この小説にちりばめられた風物のほとんどは、当時はすでに古色を帯びつつあったものばかりである。女将が、雨に濡れた「私」に差し出す手拭いも、フルーツ牛乳も、「私」が「おかずの味を殺」さないからという理由であえて求める古米も、吟味して買い求める、パラフィン紙で包まれた古書も。『かおり』に居合わせるのは「私」よりも年長の男性ばかりであることもそれに含まれるだろうか。

しかし、時間が飛んで、今になってみれば、手拭いは再評価されて、様々な柄のものが手に入るようになったし、フルーツ牛乳については冒頭に記したとおり。そして、日本酒に上手く燗をつけることを信条とした酒場もじわじわと増えてきている。ネルドリップ式でコーヒーを淹れる喫茶店もそう。それらのお店はたいていてい、味わいはもちろんのこと、スピードを優先せず、あえて、一手間かける過程を見せるところに価値を置いている。誰かが丁寧になにかをつくり、そしてそっと自分だけに差し出してくれる場面が渇望されていることを確かに映しているのだ。

『かおり』のカウンターの内側には「お燗用の鍋」が用意されている。お銚子を湯煎し、燗をつけるスタイルだ。ただ、お銚子に盃を添えてお客に差し出すのではなくて、コップに注ぎ替えて出すのだという。まあまあひとつ、と、お客どうしがお酒を注ぎ合い、気を使い合うことのないように、コップ酒、というひとりひとりの領域を守る酒器を選んでいるのだろうか。

女将のコーヒーの味は、まるで筑前煮のように飲む人を和ませる、と「私」はいうが、日本酒の味わいについては特段語られない。銘柄についても同じく。コーヒーは「豆はキャラバンの既製品だが水は秩父山系の瓶入りミネラルウォーター」だそうで、そこから推察すると、まるでこだわりなく大手酒蔵のものを置いているわけでも、当時の流行の銘柄でもないような気がする。

＊

居酒屋を舞台にしているわりには、「私」はどうもお酒に対して淡白では、と不思議だったが、角田光代さんとの共著『私的読食録』によると堀江敏幸さん自身は下戸だそうなので、その体質が反映されているように思う。お酒や酔いについて書きあらわしはしても、書き込むことにのめりこまない、そこがのんべえではないところ。

この小説では、小体な飲食店の、おとぎ話のような美しさが、のんべえにとってのリアリティを覆い隠すような力を持ってえがかれている、というのはほんとうだ。

たとえば『かおり』の常連の阿武隈さんというタクシー運転手は、「酒を飲むときはもっぱら飛鳥山公園と鉄道の高架のあいだに隠れてそこだけ時間が停止したような薄暗い路地まで出かけて、この店では食事しかしない」。つまり『かおり』ではお酒を飲まずともその場から浮かないということだ。その有り様は、東京の、少し昔の大衆食堂に似ている。ごはんとおかずを前にしたお客と、お銚子を並べていくお客が等価にそこにいて、等価に扱われるところが。実際、そういった大衆食堂は「私」の居室の近所にも何軒かあって時たま行くこともあると紹介されている。

しかし『かおり』がカウンター席しかないお店であることに鑑みると、そのスタイルを保つのは難しいのではと心配にもなる。隣り合ったお客とは差しつ差されつの距離をとらざるを得ないお店では、みんなが同じ種類の飲みものを口にしてこそ、その一体感を味わえるのが身上だったりするからだ。

余談ながら、前述の路地は「さくら新道」といい、戦後間もなく開業した、木造二階建ての長屋づくりの飲食店街だった。2012年の年明けに火事が起き、20軒余りあった酒場の多くが焼失した。再建はされず、わずかに残されたお店も今はもうみなたたまれ、取り壊された。阿武隈さんは、どこを拠りどころとしているのか気がかりだ。

燗酒とコーヒーの両方を出す酒場があると聞いて、飲みに行ったことがある。場所は王子ではなくまた別の街で、女将ひとりではなく夫婦で営まれていた。コーヒーはネルではなくペーパーフィルターを使って淹れられる。これこれこういう小説を読んで、重なるところがあると思って来てみました、そう店主に告げると、お洒落ですね、と苦笑された。小説を読むことはもちろんちっともお洒落な行為ではない。冷めた気持ちのまま、その店を後にした。

けもの道に似合うワイン

佐藤正午『身の上話』

1本、500円以上1000円以下という値付けのものがほとんどだ。ここは、西友のワインの棚の前。一杯飲むとしたらどれがいいだろう、この値段だったらやっぱり重めの赤かなあ。私が手に取ったのは1本580円のチリワイン。葡萄の品種はメルロ。ラベルを見ると、西友の子会社が直輸入しているものだと分かる。瓶を赤色の買い物かごに入れながら、今晩、ひとり、すっと眠りにつくスイッチとしてワインを飲む女の子って、この世にどれくらいいるのかな、と思い浮かべてみる。そのひとりは、佐藤正午の推理小説『身の上話』の主人公、古川ミチルさんだ。23歳で、睫毛が長めで、地元である小さな町の書店に勤めている。けれど、彼女は読書家ではない。だから寝床の脇に本はない。その代わり、ワインがある。その銘柄についても、赤か白かどうかなども作中では特段明記されない。

　職場の先輩たちに頼まれて宝くじを買いに出かけたとき、その窓口で上の空でいたこと、当選番号も分からぬままにその束を持ってふいっと上京したことが、ミチルさん本人だけでなく、周りの人たちを突き動かす。彼女が手にした当たりくじの分け前に与(あずか)ろうとする人は皆、本来は歩むはずのなかったけもの道へ入り込む。先輩たちのあいだでは、ミチルさんの性格は「土手の柳は風まかせ」とも映っていたというが、実は風を吹かせたのは彼女自身ではなかったか。

　書店員時代の「半袖の白いブラウスに紺色のスカート」の代わりに、¥200,000,000-の入金記録が印字された預金通帳を入れた小ぶりのリュックを肌身離さず、当選したことを誰にも打ち明けられないまま、焦燥の日々を過ごす。人よりもお金のほうが信用できるだなんてこと、認めたくないと、ミチルさんは切に願っていたはずだ。

　それだけの金額を手にしていたなら、東京で部屋を借りるのにもきちきちのワンルームでなくともいいし、冷蔵庫を埋めるために買い出しに行くのは西友でなくたっていいのでは。しかし彼女はつましさを装い、おそらく浜田山の西友にて、冒頭でふれたくらいの値段のワインを買う。引越しの手伝いをしてくれた友達の彼女と一緒に。そして日暮れ前から飲みはじめる。

昼ご飯に食べた宅配ピザのあまりをかじったり、食材といっしょに夕方買っておいた唐揚をつまんでいるうちに止まらなくなったのです。

ミチルは、アルコールのせいもあったかもしれませんが凝り固まっていた不安がしだいにほぐれて、ひさしぶりに相手にむかって心がひらいていくのを感じています。

自分ひとりのためだけではない時間の、ワインの効用。

しかしこれが、ミチルさんが飲む最後のワインとなってしまうのだった。

そうそう、ワインからはちょっと離れるけれど、この『身の上話』と並行して書かれたエッセイが収録されている『小説家の四季』にある「燗冷まし」という言葉についての佐藤正午の考察は、のんべえ必読!

昭和のピリオド

佐伯一麦『渡良瀬』

最終のバスが来る二十一時四十分まで、まだ間があった。今夜も付き合えるだけ、本所さんの酒に付き合おう。意地のように、拓は思った。

「飲めや」と、本所さんは伏し眼がちのまま一升瓶を取り上げ、まだ半分ほど残っている拓の茶碗と空になった自分の茶碗とに酒を注いだ。そのすすめ方は、まったくせわしなかった。常に茶碗を酒でなみなみと満たしておかなければ気が済まない、という風だった。

「平塚電機製作所」の休憩室にて、残業を終えてのち、流しの下から日本酒を出して、湯呑み茶碗で飲む。佐伯一麦『渡良瀬』での茶碗酒は、その日の仕事の句読点というよりも、まだその延長線上にあるようだ。労働者としての自身に付いた油汚れを拭き取るような飲みものとして、無骨にそこにある。

28歳で、3人の子持ちの南條拓さんが、8年暮らした東京から北関東に移り住み、この工場にて働きはじめたわけは娘息子の心身を慮ってのこと、そして生活費を稼ぐためだ。なにもかも不慣れなことばかりの中、30近く年長の熟練工、本所さんの手付きに目を見張り、自分も彼のような愚直なプライドを持てる、美しい仕事のできる職人でありたいと願う。気難しいのんべえである本所さんが酔ったはずみに発した言葉から、こつを見つけるなどもする。

南條さんは、小説家でもある。デビューしたのは3年前。ほんのわずかでも自分の時間が取れたら、続けて書こうと決めている。しかし、それがきれいごと抜きの私小説だということが、その題材とされたことが、彼の妻は許せなかった。どうして「ふつうのお父さん」でいてくれないのかと彼をなじる。でも、南條さんは自分を曲げない。狭い家でも文机を置き、その引き出しには原稿用紙の束が入っていて。小説を書くのに、原稿用紙を選ぶのは、南條さんがあえて手書きにこだわっているというわけではなくて、それが全く不思議ではない時代だった。そう、『渡良瀬』は昭和の終わりの話なのだった。ソウルオリンピックがはじまった1988（昭和63）年の初秋から、89年の早春まで、昭和天皇の最晩年、「自粛」によって皆の日常が萎んだおよそ半年間の時が流れる。

南條さんが就職した工場は、茨城は古河の工業団地にあって「自家用発電機自動始動盤」を主に製造している。「停電の際に、自動的に自家用発電を行なうための装置で、病院や銀行、ホテル、ポンプ場、養魚場、あるいは原発の冷却装置などの電気設備には必需品だといえた」。昭和の最後と、平成に深く癒えにくい傷を残した東日本大震災がここでつながっていることに、はっとする。

工場には、本所さんみたいな絵に描いたような老職人ばかりでなく、南條さんと同年代の工員もいて、彼らはみんな髪の毛にパーマをあて、たとえばボルボやローレルなどの高級車に乗っているとある。そこに時代が映っている。短く刈った髪で、自身の車を持たずにバスで通勤している南條さんはそれだけでもよそものらしさをまとっている。

比較的東京に近い「山手線の内側の南半分にも相当する広さ」の、渡良瀬遊水池のほとりの暮らしでは、酒風景の後ろには常に空っ風が吹いているように感じられてしまうのは、私自身がこの土地の出身である上に、ここでえがかれる昭和の終わりにはそこにいたせいもあるかもしれない。まだ中学生ではあったけれど。ともかく『渡良瀬』は北関東の入口を案内する小説として秀逸である。鶏肉入りのけんちん汁、しもつかれなど、地味な郷土料理の描写も正確だ。

＊

『渡良瀬』では、南條さんは、本所さんの他の人とも、通り一遍の世間話以上の付き合いができるようになる相手とのあいだにはほぼ必ずやお酒の時間を持っている。たとえば『萬福飯店』という「唄える食堂」と名乗るだだっ広いカラオケ居酒屋にて。女将の名を映した小体なやきとり屋『さと』で。

いっぺん一緒に飲んでみないとその人は分からない、との価値観が広く共有されていた時代。

中でも本所さんとのお酒が特別なのは、お酒を共に飲んだ時間からたしかに得られる手応えがあったからだ。銘柄にはふれないのだけれど、本所さん曰く「倉庫に腐るほどたくさんある」「貰い物の酒」で、この工場の本社は東京・大森に位置しているというから、そちらからまわってきた、80年代に都会で流行った淡麗辛口のお酒かもしれない。たとえば「越乃寒梅」「浦霞」など。ちなみに、舞台となっている茨城は古河に今も酒蔵は一軒だけある。青木酒造といって、代表銘柄は「御慶事」。

缶ビールでドライブ

武田百合子『富士日記』・武田泰淳『新・東海道五十三次』

武田泰淳&百合子夫妻の山荘暮らしの明け暮れがおよそ12年分記録された『富士日記』といえば、庭に咲く花、猫のタマ、年の差夫婦。そして、缶ビール。

たとえば、1966（昭和41）年10月25日の日記には紅葉狩りをしにドライブに出た先で車のタイヤがパンクし、百合子が修理に奔走しているあいだ「車の中にじっと待っていた主人は、案外時間がかからなかったので、機嫌わるくなく、かんビールを飲んでいた」とある。

同じ年の12月29日の日記には「今朝は、仕事机の上に置いてあった罐ビールが凍って、シャーベットのようになった、と主人の話だったので、今日はびんビールを買った。仕事部屋は天井が高いので、煖炉のある食堂から入ると、牢屋の如き寒さである」なんてときもある。結局泰淳はこの後、風邪をひいてしまった。

輪っかを指に引っ掛けてぷしゅっと開ける、プルトップ式の蓋が付けられた缶ビールが日本で発売されたのは、山荘通い2年目の、1965（昭和40）年の3月だ。その年、その月の『富士日記』をめくると、31日には缶ビールが登場している。新商品だとかなどは記されていない。『富士日記』の滑り出しは、百合子、泰淳、ひとり娘の花さんが代わりばんこに日記をつけていて、その日の記述は花さんによるものだからかもしれない。同じ年の晩秋には、山荘の最寄り駅である、富士急行線河口湖駅の売店に並んでいた缶ビールは「よく冷えていて二本百五十円」とある。「車の中で飲む分だけ買う」とも。

缶詰とは、イギリスで発明された食品保存技術で、缶ビールはアメリカで1935（昭和10）年に商品化されている。割れにくく、軽いことから、第二次世界大戦中の戦場にはおびただしい量の缶ビールが持ち込まれていたという。そういえば、内田百閒の『百鬼園戦後日記』1946（昭和21）年8月25日の日記には「米軍の麦酒一鑵」が登場していたと思い出す。

日本製の缶ビールをはじめて売り出したのはアサヒで、1958（昭和33）年のことだった。容量は、今でもスタンダードな３５０㎖。缶切りを使わないと開けられないつくりであったとはいえ、それ以前はビールを買おうというと瓶詰めに限られていた。『富士日記』にはしばしば、河口湖畔や富士吉田に買い出しに出かけて求めた生活必需品とその値段が家計簿からはみ出したみたいに書き付けられている。そもそも、その記録からはじまった日記ではあった。

たとえば１９６８（昭和43）年7月31日には「ビール一打（ダース）千五百二十四円」「罐ビール二打千九百二十円」というように、瓶ビールと缶ビールは別々に記されている。料理をこしらえて腰を据えて飲むとき、お客をもてなすときなどは瓶からコップに注いでいるもよう。

『富士日記』には、東京は赤坂のマンションと富士山麓とを行き来する道程での出来事も書き込まれている。今でいう二拠点居住の往来を支えているのは百合子だ。自動車運転免許を取得したのは１９５６（昭和31）年、31歳のとき。そのいきさつは泰淳による夫婦ドライブエッセイ『新・東海道五十三次』に詳しい。自身で、ドライブを題材に一冊の本を書いたとはいえ、泰淳は車の運転免許を持ってはいない。だから、ブルーバードの助手席におさまって、車窓から景色を眺めている。そのときはたいてい、缶ビールを握りしめている。だから、泰淳が車窓から見た景色は、全て酔眼によって捉えられているのだった。百合子は、深沢七郎との対談の中で、泰淳とお酒についてはこう話していた。

お酒が少し入ってるほうが、景色もきれいに見える、なんにも入ってないさらの状態だときれいでない、と言ってました。

『新・東海道五十三次』は1969（昭和44）年上半期に新聞連載されていた。自家用車で東海道を辿るという企画が「新」と名乗れる時代だったのだなあと感慨深いし、交通事故発生件数の推移を調べてみるとおどろくばかりだ。たとえば2021年のその数は305425件だけれど、当時は72万件を超えている。軽く2倍以上。作中にも事故のエピソードはこれでもかというほどに登場し、こちらの肝を冷やす。加えて、女性が運転する状況がまだ当たり前でないなどと、背景が今とはずいぶん異なる。

泰淳自身の文章にふれるより先に、『富士日記』にえがかれた泰淳の姿を堪能していた1975（昭和50）年生まれの私は、1976（昭和51）年に没した泰淳のことをリアルタイムでは知らない。

だから、20代も終わりかけのときの『富士日記』初読からずいぶん間を空けて、『新・

東海道五十三次』を読み出すと、そこにえがかれている百合子の姿に、ちょっと戸惑いをおぼえる。

そう、『富士日記』は泰淳が没したことをきっかけに世に出た文章であり、百合子自身も、それまでは泰淳の妻として知られていたのみで、彼女の文章が多くの人の目にふれることはなかったはずである。泰淳をリアルタイムで追っていたファンは、彼がえがく、妻である百合子の台詞や振る舞いから、愉快で可愛らしくエネルギーに満ち溢れた女の人だというイメージを持つだろう。それももちろん間違いではないのだけれど、百合子自身が書いた文章から想像される姿とはぴったりとは重ならない。泰淳がえがく彼女の魅力と、百合子本人の文章からにじみ出てくる魅力とが、少し食い違うように思えるというか。そういえば、と、意外だったのは、百合子は生粋のハマっ子であること。山の女、というイメージが色濃くあるのは『富士日記』の舞台がタイトルどおり山だからで、泰淳が活写する彼女はどこまでもハマっ子なのだった。

道中、ふたりにとって地縁血縁の絡む土地を何箇所も通る。そのせいで、旅行記というよりも、夫婦のアルバムのような印象が色濃い。互いの来し方を、出会う前に遡り、振り返る。車中では空缶が床に転がりがちで、足元にあると危ないしぶつかり合ってうるさい、と、泰淳は書いている。なにかしら袋などに詰めておけばいいのでは、と思うのだけれど、缶、というよりもごみそのものに無頓着な時代でもあったはずで、その証拠みたいなものかもしれない。

作中で缶ビール以外に泰淳が口にするお酒はといえば、出発して間もなくの、横浜のバーのカクテル。「カクテルバー「パリ」では、銀髪の老マスターが「シルバー・ヴァレット」（銀の弾丸）をこしらえてくれた」とある。「赤く着色した「カンパリソーダ」なるものは、薬草の味がまじっているらしく、葛根湯に似かよっている」と、たとえが身も蓋もない。「マスターの芸は、なかなかこまかくて、グラスを冷やした小氷塊をあっさり棄てたりするので、もったいないような気がする」と書くのは、バーにて、バーテンダーの手元にはこれまで着目していなかったからなの？　意外ではある。ちなみに『パリ』は「チェリーブロッサム」発祥の店として知られている。

走り続けてしばらくすると「ブドウ割りショウチュウ」が登場する。その場面は楽しいものとはいえない。

助手席でカンビールを飲みつづけているため、宿の御馳走はほとんど食べられない。東海道の宿では、エビ、イカ、アワビ、ハマグリその他の貝類が出る。歯がわるいので、それがかめない。箸もつけずに飲んでいて、朝は三時前に目をさます。持参しているチーズ（一円型で六断片に分かれ銀紙で包んだもの）をなめて、営養をとる。

彼女が目ざめるまで、ブドウ割りショウチュウ（これも持参）でごまかしているが、待ちどおしい。

この頃の泰淳の歯の具合を思うだに、豊川稲荷の境内で買ったたこ焼きの「微妙ななまぐささ、やわらかみ、形のおもしろさ」に感じ入った泰淳のために、帰京するや否やたこ焼き器をデパートで買い求めたという百合子の行動に得心する。とはいえ私は『富士日記』を先に読んでいるもので、この後、泰淳は入れ歯を嵌めるようになり、煎餅もばりばりと食べられると知っている。

*

車中でなくとも、缶ビールは句読点のように、常に泰淳と共にあった。『富士日記』の終盤、初秋、台風が近付く中の山荘からの帰り道にも、ある。

タマと主人を乗せて、水中を潜って走っているように東京へ帰る。十一時。主人、かんビール一本抱えて少しずつ飲みながら、水の中のような外の景色を見ている。

泰淳が山から帰るのはこれが最後となる。日記のおしまいの日は、泰淳の入院の前日だ。お見舞いにきた友達と百合子、ひとり娘の花さんが周りにいて、そこで泰淳はこう言い出す。

「かんビールをポンとぬいてスッとのむ。簡単なことでしょう。かんビールくれ」

缶ビールの飲み口に、彼の日常があった。

*

『富士日記を読む』というタイトルのアンソロジーも世に出ている。30人近くの文章が収録されており、その中には私もいる。『武田泰淳と缶ビール』と題した短い文章で、その一部はこのページの下敷きになってもいる。

『富士日記』はたしかに日常の記録ではあるのだが、あくまでも日常のA面もしくはB面のみが綴られている、それはしばしば忘れられがちのことのように思う。『富士日記を読む』には、日記が世に出た後、文筆家として一本立ちした百合子のエッセイも何篇か収録されている。折しも泰淳が没して10年後の『すいとん』と題された作品には、日記の感想として「お宅はたいしていいもの食べてなかったんですねえ」と、「しみじみした口調で言」われたとある。百合子は誰にそんなことを言われたかは詳しく書いていないが、友人であった中村真一郎の、百合子への追悼文を読むと、ある編集者らしい。そういう職業にしては想像力がないのではとちらりと思う。東京から車に積んで持参した材料か、山荘から近い吉田の街にて調達した材料でしか料理をこしらえられないし、日記の下巻途中までの泰淳は、食べられるものが限られていたし。

東京での食卓はまた違ったのだろうなと想像する。

山荘に来る前の日の晩、開高健夫妻と中国料理店に行って大いに飲み食いした結果、二日酔いとなった苦しさなども百合子は記している。そう、武田夫妻の日常は、東京は赤坂のマンションにもあるのだ。山荘には電話を引かずに、報せは電報か郵便に頼る暮らしを選んでいる。ならばその反面、赤坂ではかかってくる電話も来客も引っ切りなしなのだろうと推察される。

『富士日記』の1976年8月13日の日記には庄司薫と中村紘子が、ナポレオンを持って訪ねてきたとある。『富士日記を読む』には、庄司薫がその日のことを振り返るエッセイ『武田さんの思い出』も載っている。その頃の庄司薫は夫妻で河口湖の富士ビューホテルで幾度か夏を過ごしていたといい、『富士日記』の記録が途切れている1975

年の夏も山荘を訪ねている。そのとき、泰淳はこう訊ねた。

「あなたもやっぱり書く時には呑む方ですか？」

そういえば百合子は1969年8月30日の日記で、吉田の街の酒屋を巡って「甘くない一升ぶどう酒」を探していた。酒屋さんが「甘くねえちゅうのは、シブいちゅうことかね。シブいならこれだ」と出してくれた「真のぶどう酒」を、泰淳は翌日飲んで、「これは仕事するときには駄目な酒だな」との感想を述べている。仕事部屋にて「仕事にとりかかろうと一寸飲んだら、そのままばったりと眠りこけてしまった」というのだ。

泰淳はお酒の力を借りて、書いている。酔いから覚醒を得ようと、ゆきすぎた飲みかたをしている。だから同業者には、先のような問いが投げかけられる。

しかし、ワインを飲んで眠ってしまった夏と、庄司薫が訪ねてきた夏のあいだに、泰淳は糖尿病と脳血栓を患い、右手が不自由になっている。

泰淳の問いに庄司薫が答える前に、泰淳はこう言葉を続けた。

「できるだけ呑まない方がいいな。そうしないと、呑めなくなっちゃう。これは大変なことです」

泰淳のこの言葉、書き写してみるだけでもどうにもつらくなる。

＊

先に引いた吉田の酒屋さんは、「真のぶどう酒」の「真」たるゆえんを「皮も実も全部入れて自然に作った真の味」と説明している。赤か白かは記されていないけれど、白だったら、もしやこれはオレンジワイン的なつくりではなかろうか。だったらおいしいにちがいない。

その買い物の折、百合子は、愛飲している一升瓶ワインとして「ホンジョー」を挙げている。「ホンジョーワイン」は今でも山梨県甲州市勝沼町「岩崎醸造」にてつくられ、一升瓶に詰められて売られている。岩崎、とはぶどうの品種「甲州」の発祥の地ともいわれているそう。1941（昭和16）年に農家130名が集まり「岩崎葡萄酒共同醸造組合」をつくったのがはじまりだという。

ちなみに、長いこと続く日本のワインの産地では今でも一升瓶ワインが流通している。山梨はもちろん、長野、山形などでもスーパーマーケットのお酒売場などで見つけることができる。

20歳ののんべえ

金井美恵子『小春日和』

東京は目白にひとり暮らす小説家の叔母。その家に居候しつつ、1浪して受かった大学はさぼりがちの、19歳の桃子さんの日常は、いたって他愛なく、気怠く続く。両親の離婚によって疎遠だった父親に38000円の革靴を買ってもらう。地元の男友達からかかってくる求愛の電話をすげなく切る。大学でできた唯一の女友達・花子と映画を観に行く。髪型は「ソバージュ・ヘア」というところに、この時代の「今」を感じる。そう、時は1980年代の半ば。叔母は原稿用紙に一文字一文字を綴り、みんなの連絡手段は電話が主体。さて、お酒といえば。

桃子さんは、花子とふたりで蕎麦屋に入り、たぬき蕎麦に合わせてビールを注文した花子の背伸びっぷりをからかいつつ「タヌキソバの熱さと天かすの油っぽさとビールの冷たさのコンビネーションは、そうわるくもなかった」などと述懐する。記されてはいないが、おそらく瓶ビールだろうと推察されるこの場面、渋いな、とは思うが、古臭い、とは感じない。

この、金井美恵子の少女小説『小春日和』の後半、桃子さんは20歳の誕生日を迎える。それは、11月の、文字どおり小春日和の日。父と父の恋人と叔母と花子に囲まれて、桃子さんはシャンパンが注がれたグラスを手にする。特段、銘柄などは示されていない。このフランスのしゅわしゅわしたワインを飲むのははじめてだった桃子さんは、冷たさとおいしさに感じ入り「こうやって、シャンパンを飲みながらなんとなく、ぼんやり一生がおくれたらなあ」などと口走り、ほぼ倍の年齢の叔母にたしなめられる。

あんたも二十歳になったばかりだってのに、内田百閒なんか読んでちゃ駄目じゃないの、もっとね、若者らしい本を読みなさい、今から、シブくなっちゃあ、しょうがない。

しかし、もはや手遅れである。お正月に実家に帰ってみれば、「昼間のうちに居間から盗んで隠しておいたコニャック」を自室で飲んだりして、もう、立派な渋いのんべえだ。コンパに出席したりはせず、大勢でつるまず、さほど飲み急ぎもしなければ、恋にもおぼれることはなく、シニカルで、孤独の意義を解する人たちとマイペースに飲む、桃子さんなのだった。

そう、桃子さんは、頑張らない。眠くなったら寝て、かったるければ着替えない。男の子に夢中にもならず、気が合うからといって花子と始終行動を共にするわけでもない。はしゃがずに崩れずに、だらだらしている。

桃子さんは一体なにをしているのかな。ある種の抵抗をしているのかな、と、19、20歳を遠く離れた私は思う。弟ばかり贔屓して、彼の分まで家事をやらせようとする母への、小さな反旗。家業の旅館を継いで女将として立ち働くその母は、物語の中で「コンサバばばあ」とも呼ばれ、世間そのものの象徴としてあらわれる。しゃちほこばった世間にはそうやすやすと屈しないぞ、という決意を示すために、彼女は怠惰という武器を手放さずにいたのでは、と。

禁酒小説を読む

村井弦斎『酒道楽』

5、6年前、岡山に旅行し予約した街なかのホテルに向かうと、その隣には古めかしい洋館があった。正面には「禁酒会館」とある。

！

中の様子を見てみたくもあったけれど、その頃の私は今よりも盛んに飲んでいたもので気後れし、ホテルに入って、窓から覗いてみるにとどめておいた。1階は喫茶室になっていて、名物は週末のカレーライスだとはあとから知った。

岡山禁酒会館は、日本全国で禁酒運動が高まった頃、1923（大正12）年に建てられたそうだ。その前年には未成年者飲酒禁止法が施行されている。さらにいえば、アメリカで禁酒法が施行されたのは1920（大正9）年。どれも、村井弦斎『酒道楽』の連載がはじまった1902（明治35）年より後の出来事になる。

『酒道楽』は、村井弦斎による道楽シリーズの2作目で、道楽に耽ることを戒めるための啓蒙小説として書かれた。ジャンルとしては「禁酒小説」といえる。

物語の中心にいるのは、四十路もそう遠くない男ふたり、百川降さんと酒山登さん。ふたりは幾度もお酒の上で失態を演じては、禁酒あるいは節酒を誓い、またやらかしては頭を垂れる。妻子ある百川さんは、その度に妻・お種さんにこんこんと説教され、酒山さんは思いを寄せるお嬢さんにそっぽを向かれる。周りの女たちはみな、のんべえに甘くない。彼らの酔態は「西洋風」ではないから、というのがその理由である。

物語が4分の1を過ぎるあたりまでは、悪しきは全部酒のせいであると言わんばかりに、西洋かぶれ的な論拠でもって酒の害を説くお種さんの独壇場だ。彼女の主張の肝となるのは、飲酒がいかに無駄であるか、ということ。時間の無駄であり、お金の無駄、ひいては人生の無駄だと。道徳的、というよりもむしろ効率主義的な論が展開される。

たとえば酒器については「渋々ながら一本の徳利に燗をつけて外に大なるコップを二つ持出し」たお種さん曰く「貴客方は悪い癖で一升も二升も召上るのに大きなもので速く飲めば時間もかからないのを蜆貝のような小さな猪口でチビリチビリ何時までもお飲

みなさるから時間ばかり無駄に費えて際限がありません、今年から酒を進げる時このコップと極めました、西洋流にコップでお飲みなさい」。

いやいや、早飲みは体にこたえるでしょうと問い質したくもなるが、後から、お種さんは百川さんがそこそこ酔ったとみるやお酒に水を足し足し、最後は水にお酒を数滴ほどと極端に薄めて出していたそうで、そこで、道理でうちで飲むお酒は酔いがまわらないわけだと驚く百川さんは、どうにも無邪気すぎる。

百川家にあがりこんでしれっと飲んでいる酒山さんはこう反論する。

「君は酒中の消息を知らんから困る、酒という奴は大きなコップでグイグイ飲んだら少しも美味くない、小さな猪口を二度にも三度にも舐めるように飲むのが得も言われん楽みだ」

じゅうぶん粋な台詞ではある。

つまみについて、百川さんはこう主張する。

「酒を飲む時に色々の肴が膳の上に列んでいないと心持が悪い、十品でも二十品でも品数が多くないと膳の上が淋しくっていかん、といってナニも尽く食べるのでないから一つ物をコテ盛にされると胸が悪くなる、カラスミとか塩辛とかいうような物を少しずつ幾品も出しておくれ、眺めていればいいのだ」

あらためて、酒飲みの求める食卓とは実利よりも雰囲気が優ったものなのだなあと思わされる。百川さんと酒山さんが理想的な酒卓のありようを語れば語るほど、お種さんの言い分は野暮に思えてくるのは否めない。風流VS合理主義の感あり。

舞台が百川家の外へ広がってゆくと、形式的な酒宴がいかに無益であるかを論ずる人物も登場する。

定刻どおりに集まらずはじまらず時間を浪費、際限なく飲食を続けて胃腸に負担がかかる、などと。きわめて今っぽい価値観ではなかろうか。つくづく、効率主義は飲酒と最も相性が悪い。

＊

物語の展開としては意外にも、きわめて魅力的なヒロインが、のんべえVS禁酒活動家の不毛な応酬を打破することになる。

「私は活潑が大好き、因循が大嫌い」と言い放つその名は、猩々(しょうじょう)芸者。

「先刻(さつき)も外(ほか)のお座敷で二、三升飲んだのですがまだ四升や五升飲んだって倒れるような弱虫でありません」「何ですネーこんな小さな盃でさ、丼鉢を持って来てこれから飲みっ子を遣りましょう」、箱根の温泉旅館の一室で、百川さんと酒山さんを焚き付けて鯨飲をする猩々芸者は、年頃は彼らよりちょっと上の四十路越え、声はドラ声。ルックスは「紅き顔に岩の如き体格、足柄山の金時を女にしたほどの大芸者」であり、かつ「別嬪」であるとえがかれている。人懐っこく、物怖じせず、場の雰囲気を読んで気兼ねすることなく、ただただぱあっと明るくお酒を求め続ける。

また別の場面でも「小さなものでチビ飲みをしていたら三日飲んでも酔いません、大きなもので百杯でも二百杯でもお飲みなさい」と言うなど、酒豪であるがゆえに、あえて小型につくられた日本酒のための酒器の粋を猩々芸者は理解しないようにえがかれている。その点においては酒器へのこだわりを持たない下戸と同じく野暮な姿勢でお酒に向かっているともいえるのだけれど、お酒のおいしい／おいしくないの一線は胸中に引いていることが分かる場面もあるし、つまみについては厳然と選り好みをする。たとえば鰻は脂っこすぎる、お寿司はもたれる、などと。

猩々、とは中国の想像上の動物で、毛は赤色で人に似ていて、酒好きだという。私が高校時代から使っている岩波国語辞典第4版には、猩々イコール大酒飲みの人、とある。当時はまだそういう呼称が活きていたのか。

のんべえの陽の部分ばかりを引き集めてこしらえたような猩々芸者の大活躍がはじまり、物語は俄然跳ねるように愉快な色に染まる。じゃあ飲まないでおこうかという気分を呼び起こしてこその禁酒小説のはずなのだけれど、彼女のおかげで、酒を断つことの善さの説得力が薄れ、禁酒を説くことが空回りしているくだりも散見される。そう、猩々芸者がこちらを惹きつけるのに対して、のびのびと楽しげな、ポジティブな下戸像を描けていないところに、禁酒小説の限界が示されているのではなかろうか。

とはいえ、文字通りの紆余曲折を経たラストシーンでは、みんな、お酒をやめたりそれまでよりも酒量を減らしたりしている。猩々芸者でさえも。そこでなんとか、禁酒小説としての体は成している。

この話が発表されたのは、夏目漱石『吾輩は猫である』とほぼ同時期だった。そして百川さんも酒山さんも、『猫』の苦沙弥先生一家と同じように、当時の東京にて、それなりに豊かな暮らしをする人々であって、決して悲惨な酒飲みなどではないのだった。お種さんは当時でいうところの女学校を出ていること、それゆえの理屈っぽさを百川さんが煙たがること、そのお種さんも猩々芸者を下に見て対等に話そうとはしないこと、その全てがなんら疑いを差し挟むべきところのない当然の状況として書かれているところに、ありありと時代が映し出されている。

『酒道楽』から100年以上経った今、お酒は社交の道具として必要不可欠という前提が崩され、宴席でのお酒の強要はやめようとの気運も醸成されつつある。ひとつの価値観が変わるまで、１００年は長いのか短いのかわからないけれど、ともかく辿り着いたには違いない。

＊

作中にあらわれるお酒は、全て日本酒。『酒道楽』が発表された頃の世の中ではビールもだんだん飲まれるようになってきたはずだけれど、登場はしない。物語がはじまって間もないところでお種さんが持ち出した「西洋流」の「大なるコップ」で飲むのはビールにはしっくりくるのではと思われるのだけれど、あくまでも作中で語られ、槍玉にあげられ、飲まれるのは日本酒一辺倒なのである。お酒の種類をいろいろ紹介しはじめるときりがないし、そういう趣旨の小説ではないと割り切ってのことかしらん。

銘柄については、一箇所だけ「正宗」と記されているのを見つけた。ちなみに、正宗といちばん最初に名乗ったのは、兵庫は灘の「櫻正宗」。

あとがき

酒屋に行くのはいつも楽しみ。ぴかぴかの酒瓶が並ぶ棚は見飽きない。ラベルの図柄を眺め、そこに記されている言葉を辿る。ＰＯＰが添えられていたらそれも読む。酒屋って、本屋みたいだなあといつも思う。セレクトショップであるところからして似ている。選びかた、並べかたにそのお店の色があらわれる。たとえば日本酒なら、産地ごとに満遍なく揃えるお店もあれば、あるひとつの味わいを追求するお店もあって、そういうところも。

開かないと中身はわからないところも同じだ。

人の心に直に届くというところも重なっているけれど、心の中に入り込むスピードはお酒のほうが早い。だからそこから物語がいくらでも紡がれていく。

＊

2012年から17年まで『のんべえ春秋』というタイトルのお酒リトルプレスを発行していた。掌篇小説、酒器をつくる人を取材した記事、書評などを載せ、5年間で5号を発行した。

のんべえ春秋は、のんべえによるのんべえのための小さな本です。酔った上での武勇伝を競うわけでもなく、たしなむ程度と腰が引けてもいない、ちょうどいい塩梅を目指しています。

毎号載せていたこの文言をあらためて見返してみると「ちょうどいい塩梅」であるとは自認していなくて、とりあえず「目指して」いるとある。そこに嘘はなかったなあと我ながら、今思う。

ただ、だんだん、自分でつくって自分で売るリトルプレスにはネガティブな感情を載せたくない、という気持ちと、お酒のポジティブな面ばかりに目を向けるのはどうかな、という気持ちがぶつかり合うようになって、そのジレンマを打開できるような6号めの目次を思いつけずに、5号でひとまず打ち止めとしていた。

日本のお酒文学コラム『BOOKSのんべえ』の連載は、のんべえ春秋を目にとめてもらったのをきっかけとして、2018年にはじまった。連載2年目に大病を患い、治療中に2週間ばかりお酒を全く飲まずに過ごすことになって、それを機に、日常的にお酒と親しみすぎていたのは否めないと振り返った。この連載を続けていくかどうか逡巡した時期も実をいえばある。ここはむしろ、以前は全く受け入れられずにいた、禁酒をすすめる作品にふれるチャンスではあると思い立ち、めくってみた。けれど、酒瓶をみんな手放して、そちら側で旗を振る人についていこうという気にもなれなかった。

お酒の話はなにかにつけて極端にふれがちではある。泥酔か素面か。ザルか下戸か。「ちょうどいい塩梅」をえがいた作品、というのは稀有である。やはり、そこに達して、ずっととどまるのはむずかしい。そう、のんべえ春秋を立ち上げたときに、すでに自分でもわかっていたことのはずだった。

*

ねえ、お酒って好き？　そう聞かれたら、好きだけど一緒には暮らせない、と答えたい。前は半同棲していたけれどいろいろあって別居した、という感もある。そうはいってもちょくちょく会っている。でも一緒に起きて、一緒に眠るまではしたくない。好きだけど。でも、お酒と同衾しているような時期よりもむしろ、お酒について考え、読み、調べるのにこれまでになく夢中になれて、自分でもそれは意外なことだった。

*

日本におけるお酒文化のおよそ100年を辿ってみると、それはパッケージの歴史でもあるとわかる。お酒は液体だから、なにかしら器に入れないと持ち運べない。その器の変遷が、飲みかたを左右している。武田百合子と泰淳のエッセイにはその変わり目が活写されている。手に握りしめた缶は、自己完結的飲酒へと人を導き、行き着いた先、最新のダークサイドが描かれているのが金原ひとみ『ストロングゼロ』である。コンビニエンスストアのストロング系の並ぶ棚、そこから横に目を移していくと、ノンアルドリンクも並んでいる。お酒の要素を再現しながらも酔わないように設計されたこの不思議な飲みものはこのところ立て続けに新商品が発売されている。これも、お酒と別居してからは、新商品を見つける度に試しに飲んでみているのだけれど、ただのおいしいジュースとしかいえない場合も少なくない。とはいえ、アルコールのないところにもお酒の味わいを求めるなんて、完全にのんべえの発想だろう。

＊

この『BOOKSのんべえ』という一冊をつくるにあたり、編集を担当して下さった山本菜月さん、『文學界』での連載時の担当編集者である桒名ひとみさん、長谷川恭平さん、装丁を手掛けて下さった野中深雪さんに謝意を表します。漫画家の谷口菜津子さんに装画を描いていただけたことも、望外の喜びです。

2023年　葉玉葱の早春　　木村衣有子

付録

お酒と文学の100年

日本でのお酒にまつわる、100年と少しの出来事をまとめました。
ページの下部には本書で紹介してきた書籍を、
作品の舞台となっているおおよその年代で並べています。

年 ／ 出来事 ／ books

年	出来事
寛延年間	居酒屋が誕生する。
1869	日本初のビール醸造所、**ジャパン・ヨコハマ・ブルワリー**開設。
1877	日本初の葡萄酒会社、**大日本山梨葡萄酒会社**が設立（のちのメルシャン）。
1880	清酒・濁酒に一石2円の造石税&自家用酒は一人一年一石以内に制限がかかる。
1882	自家用酒の製造が免許制になり、一年80銭の鑑札料が徴収されるようになる。
1888	**キリンビール**発売（ジャパン・ブルワリー・カンパニー）。
1890	**恵比寿ビール**発売（日本麦酒醸造会社）。
1892	**アサヒビール**（大阪麦酒会社）／**大黒天印ブランデー**（甲斐産商店、のちの大黒葡萄酒、オーシャン）発売。
1893	この頃、**電気ブラン**が誕生する（神谷傳兵衛・発売当初は電気ブランデー）。
1899	日本麦酒が日本初のビアホール、**恵比寿ビヤホール**を開店／自家用酒禁止に。

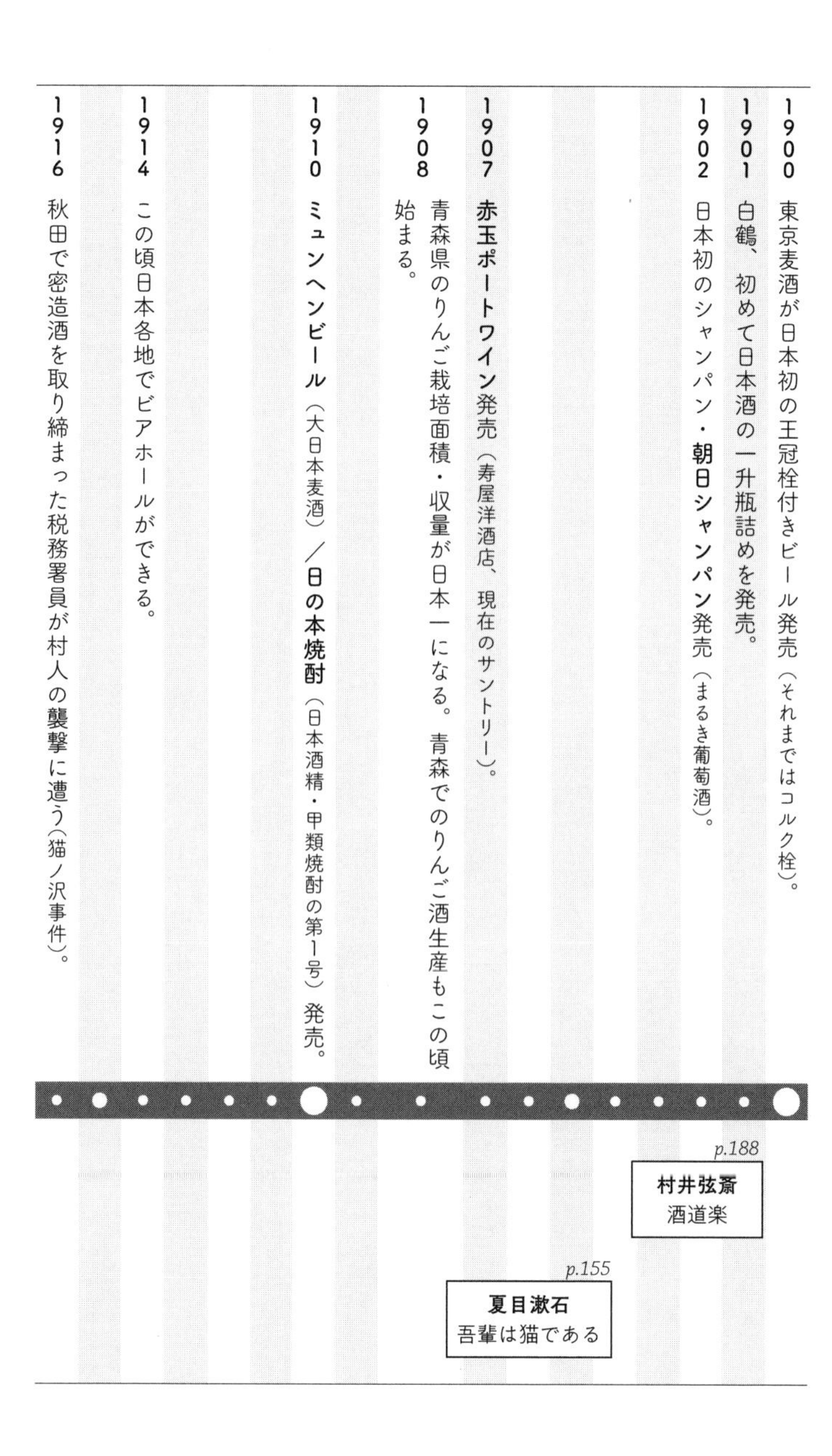
1900 東京麦酒が日本初の王冠栓付きビール発売（それまではコルク栓）。
1901 白鶴、初めて日本酒の一升瓶詰めを発売。
1902 日本初のシャンパン・朝日シャンパン発売（まるき葡萄酒）。
1907 赤玉ポートワイン発売（寿屋洋酒店、現在のサントリー）。
1908 青森県のりんご栽培面積・収量が日本一になる。青森でのりんご酒生産もこの頃始まる。
1910 ミュンヘンビール（大日本麦酒）／日の本焼酎（日本酒精・甲類焼酎の第1号）発売。
1914 この頃日本各地でビアホールができる。
1916 秋田で密造酒を取り締まった税務署員が村人の襲撃に遭う（猫ノ沢事件）。
p.188
村井弦斎
酒道楽
p.155
夏目漱石
吾輩は猫である

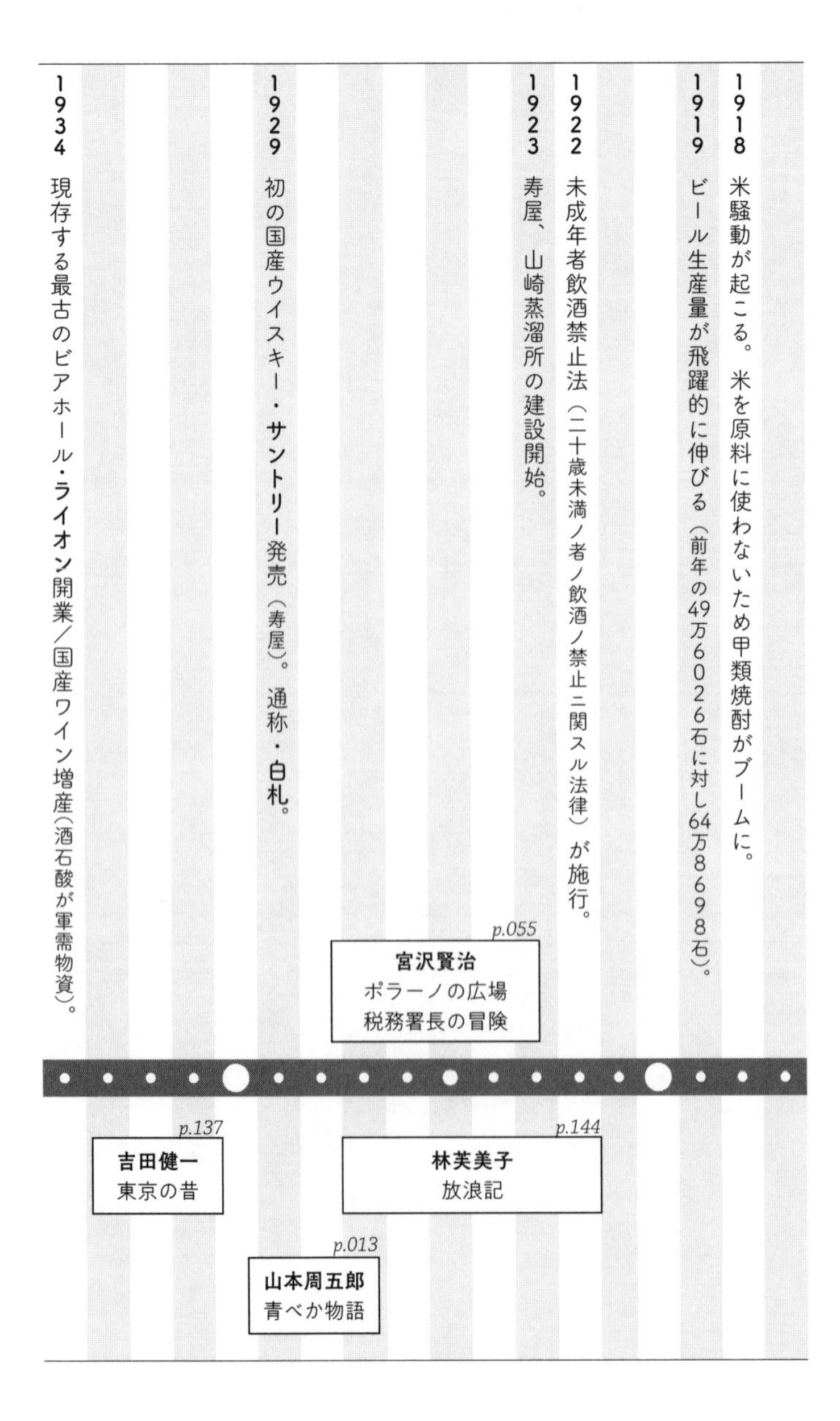
1918 米騒動が起こる。米を原料に使わないため甲類焼酎がブームに。
1919 ビール生産量が飛躍的に伸びる（前年の49万6026石に対し64万8698石）。
1922 未成年者飲酒禁止法（二十歳未満ノ者ノ飲酒ノ禁止ニ関スル法律）が施行。
1923 寿屋、山崎蒸溜所の建設開始。
1929 初の国産ウイスキー・サントリー発売（寿屋）。通称・白札。
1934 現存する最古のビアホール・ライオン開業／国産ワイン増産（酒石酸が軍需物資）。
p.055
宮沢賢治
ポラーノの広場
税務署長の冒険
p.144
林芙美子
放浪記
p.137
吉田健一
東京の昔
p.013
山本周五郎
青べか物語

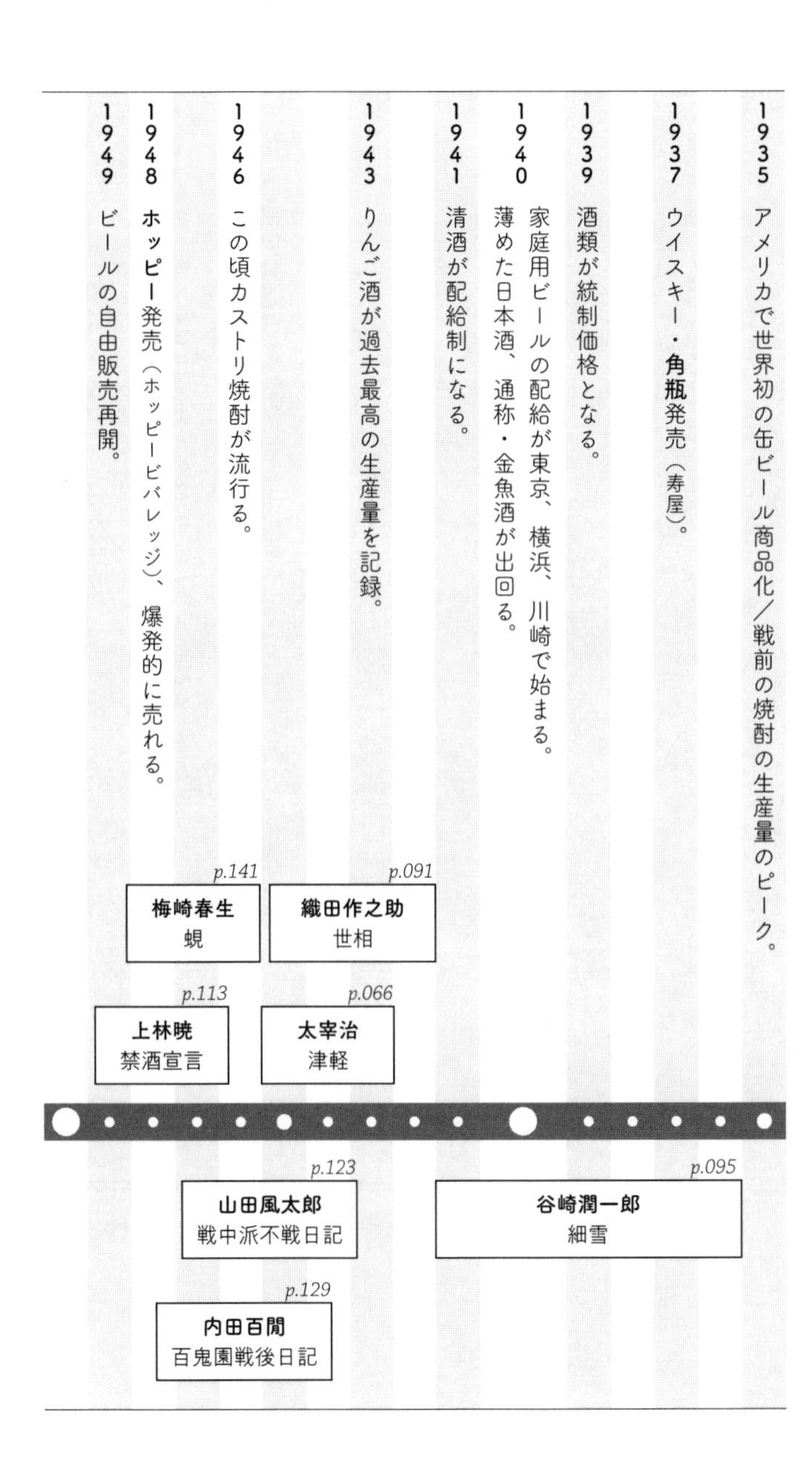
1935 アメリカで世界初の缶ビール商品化／戦前の焼酎の生産量のピーク。
1937 ウイスキー・角瓶発売（寿屋）。
1939 酒類が統制価格となる。
1940 家庭用ビールの配給が東京、横浜、川崎で始まる。
薄めた日本酒、通称・金魚酒が出回る。
1941 清酒が配給制になる。
1943 りんご酒が過去最高の生産量を記録。
1946 この頃カストリ焼酎が流行る。
1948 ホッピー発売（ホッピービバレッジ）、爆発的に売れる。
1949 ビールの自由販売再開。
p.091
織田作之助
世相
p.141
梅崎春生
蜆
p.066
太宰治
津軽
p.113
上林暁
禁酒宣言
p.095
谷崎潤一郎
細雪
p.123
山田風太郎
戦中派不戦日記
p.129
内田百閒
百鬼園戦後日記

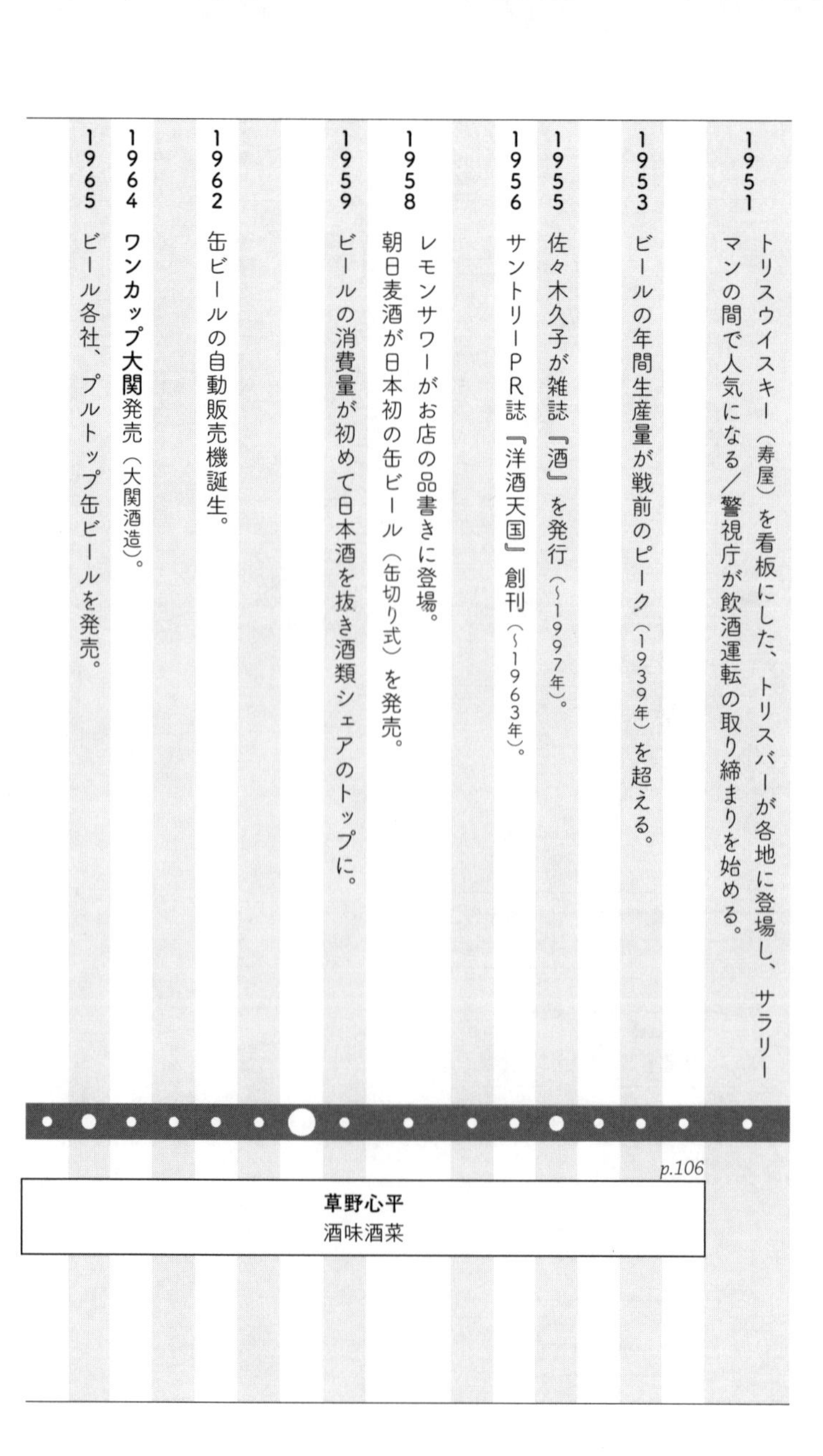

1951 トリスウイスキー（寿屋）を看板にした、トリスバーが各地に登場し、サラリーマンの間で人気になる／警視庁が飲酒運転の取り締まりを始める。

1953 ビールの年間生産量が戦前のピーク（1939年）を超える。

1955 佐々木久子が雑誌『酒』を発行（～1997年）。

1956 サントリーPR誌『洋酒天国』創刊（～1963年）。

1958 レモンサワーがお店の品書きに登場。朝日麦酒が日本初の缶ビール（缶切り式）を発売。

1959 ビールの消費量が初めて日本酒を抜き酒類シェアのトップに。

1962 缶ビールの自動販売機誕生。

1964 **ワンカップ大関**発売（大関酒造）。

1965 ビール各社、プルトップ缶ビールを発売。

p.106

草野心平
酒味酒菜

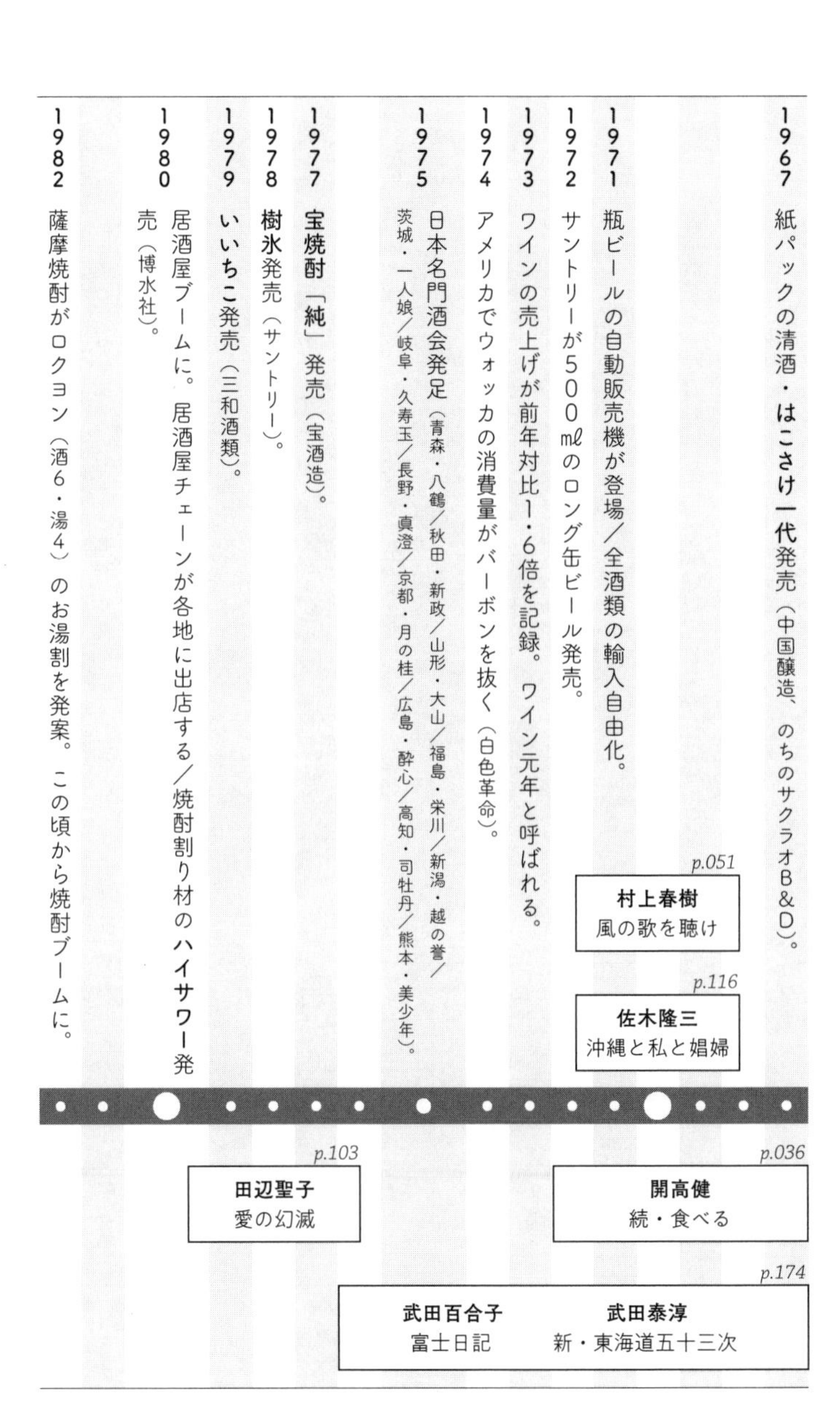

1967 紙パックの清酒・**はこさけ一代**発売（中国醸造、のちのサクラオB&D）。

1971 瓶ビールの自動販売機が登場／全酒類の輸入自由化。

1972 サントリーが500㎖のロング缶ビール発売。

1973 ワインの売上げが前年対比1・6倍を記録。ワイン元年と呼ばれる。

1974 アメリカでウォッカの消費量がバーボンを抜く（白色革命）。

1975 日本名門酒会発足（青森・八鶴／秋田・新政／山形・大山／福島・栄川／新潟・越の誉／茨城・一人娘／岐阜・久寿玉／長野・真澄／京都・月の桂／広島・酔心／高知・司牡丹／熊本・美少年）。

1977 **宝焼酎「純」**発売（宝酒造）。

1978 **樹氷**発売（サントリー）。

1979 **いいちこ**発売（三和酒類）。

1980 居酒屋ブームに。居酒屋チェーンが各地に出店する／焼酎割り材の**ハイサワー**発売（博水社）。

1982 薩摩焼酎がロクヨン（酒6・湯4）のお湯割を発案。この頃から焼酎ブームに。

p.051
村上春樹
風の歌を聴け

p.116
佐木隆三
沖縄と私と娼婦

p.036
開高健
続・食べる

p.103
田辺聖子
愛の幻滅

p.174
武田百合子
富士日記

武田泰淳
新・東海道五十三次

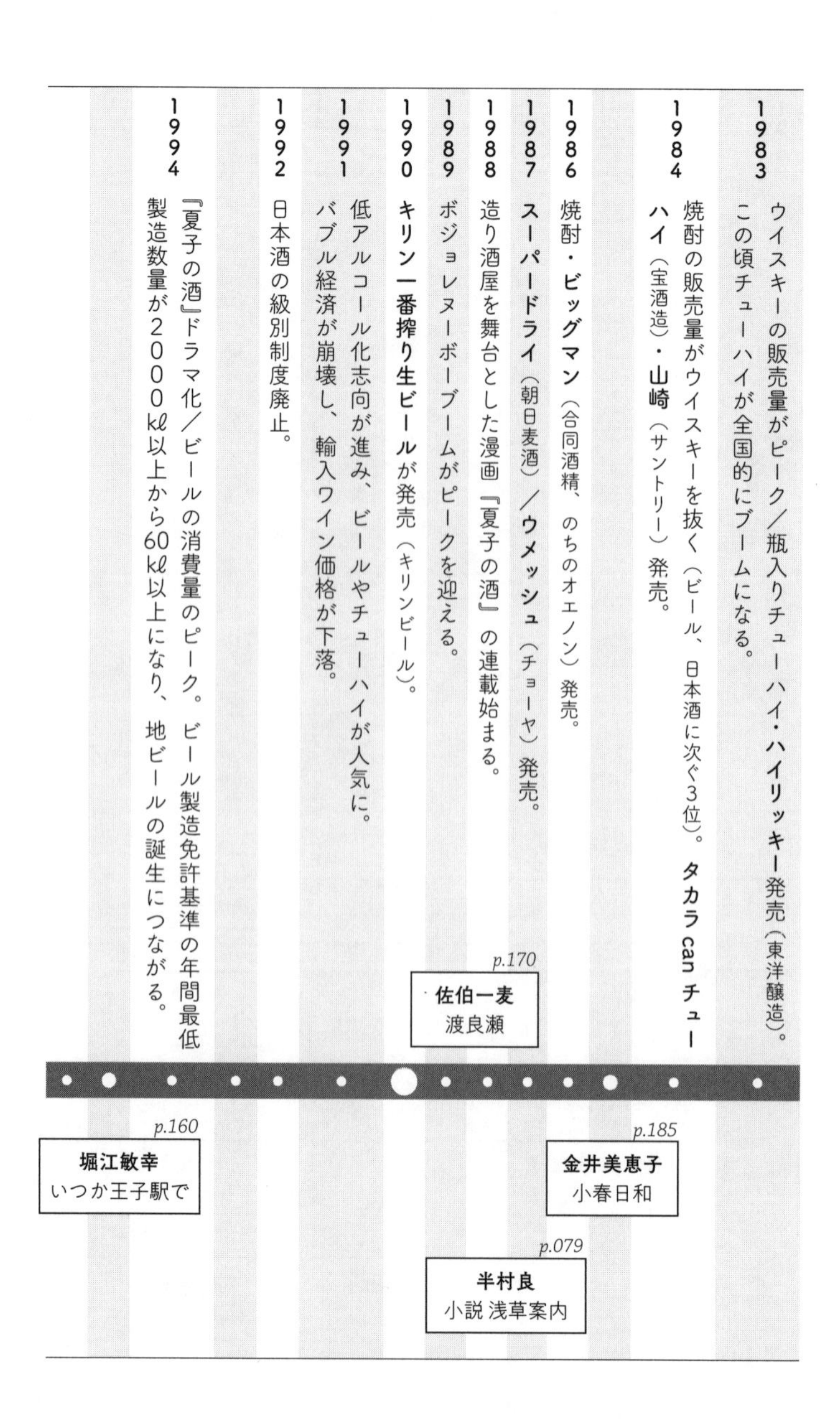
1983
ウイスキーの販売量がピーク／瓶入りチューハイ・ハイリッキー発売（東洋醸造）。この頃チューハイが全国的にブームになる。
1984
焼酎の販売量がウイスキーを抜く（ビール、日本酒に次ぐ3位）。タカラcanチューハイ（宝酒造）・山崎（サントリー）発売。
1986
焼酎・ビッグマン（合同酒精、のちのオエノン）発売。
1987
スーパードライ（朝日麦酒）／ウメッシュ（チョーヤ）発売。
1988
造り酒屋を舞台とした漫画『夏子の酒』の連載始まる。
1989
ボジョレヌーボーブームがピークを迎える。
1990
キリン一番搾り生ビールが発売（キリンビール）。
1991
低アルコール化志向が進み、ビールやチューハイが人気に。バブル経済が崩壊し、輸入ワイン価格が下落。
1992
日本酒の級別制度廃止。
1994
『夏子の酒』ドラマ化／ビールの消費量のピーク。ビール製造免許基準の年間最低製造数量が2000kℓ以上から60kℓ以上になり、地ビールの誕生につながる。
p.170
佐伯一麦
渡良瀬
p.185
金井美恵子
小春日和
p.079
半村良
小説 浅草案内
p.160
堀江敏幸
いつか王子駅で

1998 **麒麟 淡麗〈生〉**発売（キリンビール）。発泡酒ブームに。

1999 **黒霧島**発売（霧島酒造）／『dancyu』がはじめて日本酒の巻頭特集を組む。

2001 **氷結**発売（キリンビール）。

2002 オリオンビールがアサヒビールと業務提携／道路交通法改正により飲酒運転の基準が厳しくなる&厳罰化。ノンアルコールビール市場への新規参入が増加する。

2003 この頃乙類焼酎が流行し、焼酎の消費量が50年ぶりに日本酒を抜く（ビールに次ぐ2位）／発泡酒の税率引き上げに伴い、麦芽を使わない第三のビールが登場。

2004 焼酎の消費量のピーク／漫画『神の雫』『もやしもん』連載開始。

2005 カップ酒&立ち飲み屋が流行。

2006 **タカラ焼酎ハイボール**発売（宝酒造）／メルシャンがキリンビールの連結子会社に。

2008 サントリー、亀甲模様のジョッキで**角ハイボール**の売り出しを開始。

2009 **-196℃ストロングゼロ・角ハイボール缶**（ともにサントリー）・ビール風味飲料**フリー**（キリンビール）発売／磯丸水産開業／『神の雫』ドラマ化。

2010 この頃、イギリスをはじめ、世界でクラフトジンがブームに。

p.075
江國香織
神様のボート

p.083
川上弘美
センセイの鞄

p.048
森見登美彦
夜は短し歩けよ乙女

p.167
佐藤正午
身の上話

p.022
絲山秋子
下戸の超然

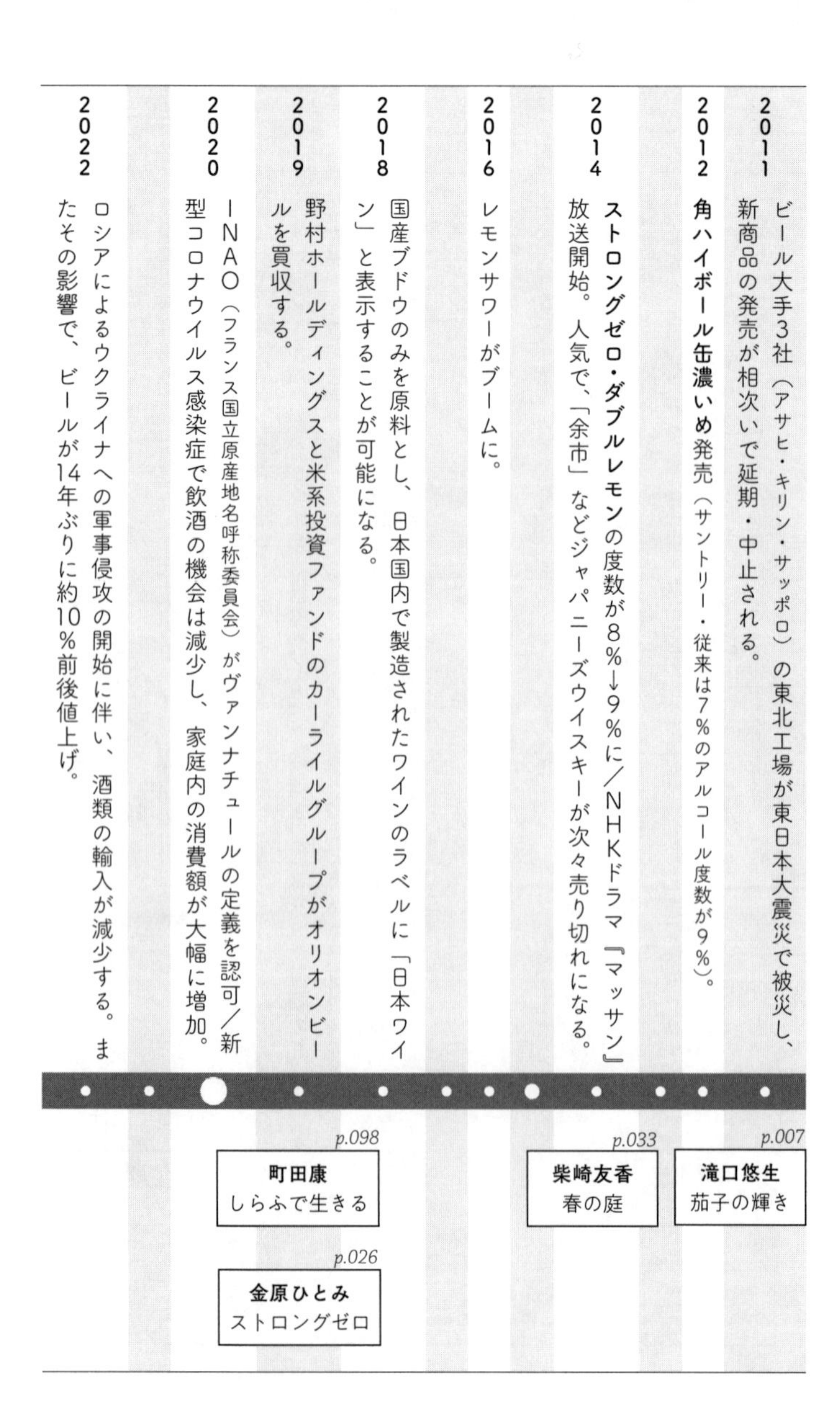

2011 ビール大手3社（アサヒ・キリン・サッポロ）の東北工場が東日本大震災で被災し、新商品の発売が相次いで延期・中止される。

2012 **角ハイボール缶濃いめ**発売（サントリー・従来は7%のアルコール度数が9%）。

2014 **ストロングゼロ・ダブルレモン**の度数が8%→9%に／NHKドラマ『マッサン』放送開始。人気で、「余市」などジャパニーズウイスキーが次々売り切れになる。

2016 レモンサワーがブームに。

2018 国産ブドウのみを原料とし、日本国内で製造されたワインのラベルに「日本ワイン」と表示することが可能になる。

2019 野村ホールディングスと米系投資ファンドのカーライルグループがオリオンビールを買収する。

2020 INAO（フランス国立原産地名呼称委員会）がヴァンナチュールの定義を認可／新型コロナウイルス感染症で飲酒の機会は減少し、家庭内の消費額が大幅に増加。

2022 ロシアによるウクライナへの軍事侵攻の開始に伴い、酒類の輸入が減少する。またその影響で、ビールが14年ぶりに約10%前後値上げ。

滝口悠生 茄子の輝き p.007

柴崎友香 春の庭 p.033

町田康 しらふで生きる p.098

金原ひとみ ストロングゼロ p.026

参考文献

書籍

岩本由輝『東北地域産業史』刀水書房、2002年。
キリンビール（編）『ビールと日本人』河出文庫、1988年。
小玉武『評伝　開高健――生きた、書いた、ぶつかった！』ちくま文庫、2020年。
小玉武『「洋酒天国」とその時代』ちくま文庫、2011年。
武田百合子『武田百合子対談集』中央公論新社、2019年。
中央公論新社（編）『富士日記を読む』中公文庫、2019年。
都留康『お酒の経済学』中公新書、2020年。
永井隆『ビール最終戦争』日経ビジネス人文庫、2006年。
『ミーツリージョナル』2017年8月号。

WEBサイト・記事ほか

オエノングループ『香竄葡萄酒と電気ブランのはなし』https://www.oenon.jp/ir/individual/story.html
キリンホールディングス『酒・飲料の歴史』https://museum.kirinholdings.com/history/index.html
サントリーホールディングス『サントリーウイスキーの歴史』https://www.suntory.co.jp/whisky/beginner/history/
森一起「【連載企画「大衆酒場の創世記」】第四夜　祐天寺『ばん』小杉潔」『フードスタジアム』https://food-

stadium.com/feature/18203
「第4回 クリエイターズ殿堂」『ACC TOKYO CREATIVITY AWARDS』https://www.acc-cm.or.jp/festival/pantheon/2014.html
「苦難克服、かなえた夢 漁師町に『東洋一の遊園地』 創生期～現在 【未完の王国 東京ディズニーリゾート～35年の歩みとこれから】」『千葉日報』（2018年4月30日）https://www.chibanippo.co.jp/news/economics/494998
「日本酒の銘柄「○○正宗」なぜ全国各地に？ 商標の壁、昔も今も」『日経スタイル』（2013年1月26日）https://style.nikkei.com/article/DGXNASIH17003_X10C13A1AA2P00
『吉野町煉瓦倉庫 関連年表③』http://www.city.hirosaki.aomori.jp/bijutsukan/nennpyou03.pdf/

本書は、「文學界」２０１８年８月号～２０２１年４月号に連載された「ＢＯＯＫＳのんべえ」に加筆したものです。

木村衣有子　きむら・ゆうこ

一九七五年栃木県生まれ。文筆家。食文化に関する執筆や、書評を中心に活動している。主な著書に、『もの食う本』『味見したい本』（ちくま文庫）、『銀座ウエストのひみつ』（京阪神エルマガジン社）、『家庭料理の窓』（平凡社）など。また、『のんべえ春秋』シリーズ、『しるもの時代――家庭料理の実践と書評』『底にタッチするまでが私の時間――よりぬきベルク通信　1号から150号まで』などのリトルプレスを刊行している。

Twitter: @yukokimura1002
Instagram: @hanjiro1002

BOOKS（ブックス）のんべえ
お酒（さけ）で味（あじ）わう日本文学（にほんぶんがく）32選（せん）

二〇二三年四月十日　第一刷発行

著者　木村衣有子（きむらゆうこ）
発行者　花田朋子
発行所　株式会社　文藝春秋
〒一〇二‐八〇〇八
東京都千代田区紀尾井町三‐二三
☎〇三‐三二六五‐一二一一
印刷所　大日本印刷
製本所　大日本印刷

ISBN978-4-16-391683-5